I0557272

El pueblo

Jennifer Degenhardt

cover artist: David Williams

Copyright © 2022 Jennifer Degenhardt
Puentes
All rights reserved
ISBN: 978-1-956594-11-9

Praise for *El pueblo*

This play highlights many current issues that are seen in today's society. Degenhardt expresses inclusivity and diversity in all aspects of the play that challenge culture norms. The issues presented throughout will help readers understand what life is like for those who experience discrimination. Being a Hispanic man myself, I welcomed reading about and talking with others with similar issues. Furthermore, reading this in Spanish added culture to an already culture-filled play. This is a must read for people learning Spanish as a second language to better understand the theme of racism. It's a phenomenal read!

-José Bodon-Orsini

El pueblo is the perfect representation of the racism that people of color, specifically students, encounter on a daily basis because of their skin. It displays the different forms of racism and ignorance from people who are not educated about culture and diversity. More importantly, this play represents what it is to be a bigger and better person and what it is to have all of the odds stacked against you, and still be triumphant.

-Natalie Burke

I believe that this play provides an insightful look into the life of a young boy adjusting to the alienating aspects of life as a student of color. As readers, we are able to witness Eddie experience what may be the most transformative four years in his life, as he recognizes the intersectionality of race and other identity markers in everyday life. As a person of color, who has experienced many of the same issues as Eddie, I can relate to feeling invisible and unheard while in rooms of homogenous faces. Furthermore, seeing the tremendous growth that Eddie displays from the start of the play to the end is truly satisfying. I truly consider this play a great way to begin conversations on race.

-Gloria Dickson

I really enjoyed the play, and as a Black man myself, I felt a strong connection to this play. I saw many real situations and conversations that I have had personally come to light in this story.

-John Alston

I loved reading *El pueblo*. It discusses important issues like racism in education and the problems kids face. It was very well written, and the dialogue is realistic, which makes it that much better. This play is a great way for students of all different backgrounds to come together and talk about issues in an educational but entertaining way.

-Maia Conlan

For G.

ÍNDICE

Nota de la autora   i

Agradecimientos   v

Personajes   vii

Acto I: Escena 1   1

Acto I: Escena 2   5

Acto I: Escena 3   8

Acto I: Escena 4   15

Acto I: Escena 5   18

Acto I: Escena 6   25

Acto I: Escena 7   34

Entreacto   38

Acto II: Escena 1   39

Acto II: Escena 2   44

Acto II: Escena 3   49

Acto II: Escena 4   55

Acto II: Escena 5   57

Acto II: Escena 6   62

Acto II: Escena 7   72

Acto II: Escena 8   81

Acto III: Escena 1   82

Acto III: Escena 2   89

Acto III: Escena 3   94

Acto III: Escena 4   101

Acto III: Escena 5   107

Acto III: Escena 6   115

Glosario   125

NOTA DE LA AUTORA

As it is with all my books, the overarching idea is to promote discussion, as I believe deliberate and measured conversation is a powerful tool in human connection. This play is no different. True, it deals with identity and such characteristics of the main characters, but the undercurrent theme is racism.

Similar to other stories I have written, this one practically wrote itself following a real event, in this case, the protests during the summer of 2020. The thread of the story is pulled from some real-life events that I gleaned from the news media, and from anecdotes from students and friends. It is a work of fiction, but one that I believe is relatable to by all readers. It is my hope to create awareness and encourage those discussions that we may be afraid to have.

Included in the lines of the play are microaggressions - words and sentences that are not used lightly, but rather are examples that certain groups of people encounter as part of their existence. By including these examples, perhaps readers can become more attentive to language they use and its effects.

Supplemental materials for this play are available as a download for free on my website, www.puenteslanguage.com.

A portion of the proceeds from the sale of this play will be donated to Learning for Justice (www.learningforjustice.org), which seeks to uphold the mission of the Southern Poverty Law Center: to be a catalyst for racial justice in the South and beyond, working in partnership with communities to dismantle white supremacy, strengthen intersectional movements and advance the human rights of all people.

(Wording taken from the Learning for Justice website; used with permission.)

microaggression:

/ˌmīkrōəˈgreSHən/
Statements or actions, either direct or indirect, overt or subtle, intentional or not, that discriminate against people of a marginalized group, be that of race, ethnicity, religion, socioeconomic status, etc.

iv

AGRADECIMIENTOS

Serendipitously, I had the opportunity to beta-read and teach this play to my diverse, intermediate Spanish students in the fall of 2021. I am grateful to the entire class for not only indulging me in my wish to test out the play's content (even when the vocabulary was challenging for them), but also for providing me feedback that caused some changes to the text that I believe enrich the story that much more. Specifically, I would like to give a shout out to Gloria Dickson, Maia Conlan, John Alston and José Bordon-Orsini who made actionable suggestions or otherwise spent extra time with me to discuss the play, its themes and composition. *¡Les agradezco!*

Special thanks to my students, Jovaughn Hines and Johnson Celestin, both young Black men, who also read the play in English and provided comments and praise. I especially thank Jovaughn for allowing me to model a character after him.

Early on in this process, A.C. Quintero, a Spanish teacher, curriculum specialist and fellow author, read the play and offered her perspective for which I am grateful. *¡Gracias, amiga!* Having many eyes on this play was a must from the beginning and A.C.'s expertise was one I sought out first.

Chris Jeffords, a Spanish teacher in North Carolina whom I only know through social media but is a person and educator I've come to respect, and one who teaches diverse groups of students, also spent time reading the play and providing commentary from the teacher lens. *¡Gracias a ti, Chris!*

Before any of my stories are sent for a grammatical and copyediting scrubbing, my native-speaker friend, José Salazar, reads through to make changes to the most egregious (and often repetitive) errors. I am certain that José's eyes bleed the most when reading my writing. *Te debo, José. Gracias.*

Thanks also goes to Tara Allen, *una amiga y maestra de español*, who read the play with a discerning eye making sure that the content and tone was copasetic. I am always grateful for another set of eyes, especially hers, as she knows and understands my intent.

Finally, for the manuscript side of things, I thank Ana Andrés. My work is always returned with a lot of "red pen marks," but also so many thought-provoking comments. All help to make the stories that I write that much better. Ana is a dream to work with and I am grateful - every. single. time - for her help.

Finding student cover artists is fun, but also can be sticky, as students have so much going on. Fortunately for me, Lisa Funston and I first connected on Instagram a couple years back. Lisa is an art teacher who has helped connect me with a few artists who have created art for the covers of my books. If you know what it's like dealing with kids and deadlines, you know how grateful I am to have Lisa as an intermediary.

As it turned out, Lisa had the perfect student in David Williams to create the cover for this play, as he was able to connect with the content on a personal level. The result is what you see: a multimedia render - a first for Puentes books - that is so terrific that I had the entire piece of art created into the cover. David declined to be paid for his work, but instead suggested I donate his stipend to a charitable organization that supports Black youth, which I have done. Thank you, David, for the amazing artwork!

Personajes

EDDIE MEYER, adolescente de herencia birracial.
MAMÁ, madre de EDDIE y JAMES, de raza negra.

JAMES MEYER, hermano menor de EDDIE.

JOVAUGHN WILLIS, adolescente de la misma edad que EDDIE, de raza negra.

RICKY, cocapitán del equipo de fútbol, estudiante del último año, 3 años mayor que EDDIE, de raza blanca.

JOHNSON, cocapitán del equipo de fútbol, estudiante del último año, 3 años mayor que EDDIE, de raza blanca.

PETER, adolescente del mismo curso que EDDIE y JOVAUGHN, de raza blanca.

WILL, amigo de PETER, del mismo curso, de raza blanca.

PAPÁ, padre de EDDIE y de JAMES, de raza blanca.

Sr. LeBLANC, maestro de literatura y entrenador de fútbol, de raza blanca; del pueblo.

JULIANNA, adolescente, de raza blanca.

POLICÍA WHITE, un policía del pueblo, de raza blanca.

DIRECTOR, director de la escuela secundaria, de raza blanca; del pueblo.

ABUBAKAR, adolescente de herencia iraní, misma edad que JAMES.

ACTO I

ESCENA 1

La cocina de una casa mediana en un estado del noreste de los Estados Unidos; por la mañana, antes de la escuela.

(Un adolescente está solo en la cocina. Toma el desayuno, lee las noticias en la app *de ESPN en el móvil y piensa en el día y en qué va a pasar.)*

EDDIE

(A sí mismo.) ¡Ay! ¡No puede ir a otro equipo! ¿Qué va a pasar con mi equipo de fantasía? Va a haber un debate con Jovaughn en la escuela...

(Al auditorio.) Finalmente... Voy a entrar en la escuela secundaria. La escuela intermedia fue un desastre. Me dicen que normalmente es un desastre para todos, pero para mí fue un desastre por completo. La escuela secundaria va a ser mejor para mí. Voy a...

(Una mujer, la mamá, grita desde otra parte de la casa.)

MAMÁ

¡Eddie! ¿Tienes todo listo para la escuela?

EDDIE

(A MAMÁ, gritando.) ¡Sí, mamá! Claro. *(Al auditorio.)* Ella sabe que soy organizado. Debe de estar más preocupada que yo por ser el primer día de la escuela secundaria.

El primer día de escuela... Estoy listo. Tengo muchos planes: voy a jugar al fútbol —mi deporte favorito— y también voy a entrar en unos clubes, quizás en el gobierno estudiantil. Me gusta la política.

MAMÁ

(Entrando en la cocina.) Eddie, tengo que llevar a tu hermano a la escuela ahora. ¿Estás listo para tomar el bus?

(Un joven medio dormido entra en la cocina.)

EDDIE

Buenos días, James. ¿Estás listo para la escuela?

JAMES

Uh, no, Eddie. No me gusta la escuela.

MAMÁ

James, toma una banana y un yogur para el desayuno. Es tarde. Pero primero una foto. Es el primer día de escuela.

(Los jóvenes protestan y MAMÁ *toma muchas fotos.)*

MAMÁ

Gracias, mis amores. Los amo. Buena suerte con tu primer día de escuela secundaria, Eddie. *(Le da un beso en la cabeza.)*

EDDIE

Gracias, mamá. Te llamo cuando termina la práctica de fútbol. Que pases buen día en el trabajo.

MAMÁ

Gracias, Eddie. Vamos, James.

*(*MAMÁ *y* JAMES *salen de la escena.* EDDIE *está solo otra vez.)*

EDDIE

(Al auditorio.) Antes de continuar, hay que saber alguna información importante.

Primero, dónde vivimos. Como ven, tenemos una casa bonita. Y vivimos en un estado al noreste de los Estados Unidos. La vida es..., pues, es buena..., pero hay problemas también.

El pueblo donde vivimos es muy pequeño. Tiene menos de diez mil (10 000) habitantes. Por eso, las escuelas son pequeñas también.

Las escuelas pequeñas no son problemáticas. Normalmente los pueblos pequeños y las escuelas pequeñas son buenos, pero en este caso... no sé. Es evidente que mi familia es afroamericana. O sea, somos negros. Pues, mi papá no es negro, es blanco, pero claro, mi mamá, mi hermano y yo somos negros.

Y ser negro NO es el problema. No. Estoy orgulloso de ser negro y de mi herencia.

El problema es que nuestro pueblo no es diverso. No hay muchas otras razas aquí.

La vida es buena... pero es un poco difícil también.

Vamos a ver cómo me va en la escuela secundaria...

    (EDDIE *mira el teléfono para ver la hora, toma la mochila y sale de la escena.*

ESCENA 2

El vestuario de los muchachos en la escuela secundaria; la segunda semana de escuela; después de las clases.

(Están muchos de los jugadores del equipo de fútbol preparándose para la práctica. Los muchachos hablan mucho, pero no hablan de nada importante. Hay unos estudiantes de cursos superiores —de los grados 10.º, 11.º y 12.º— con un grupo pequeño de estudiantes de primer año, incluidos EDDIE y JOVAUGHN. EDDIE y JOVAUGHN son las únicas personas negras.)

EDDIE

(Hablando a JOVAUGHN.) Hombre, ¿qué tal?

JOVAUGHN

Eddie, hola. Estoy bien. Cansado. La hora a la que empieza la escuela secundaria es horrible.

EDDIE

(Mirando a otros muchachos en el vestuario.) ¡Ja! No eres madrugador, ¿eh? Yo, sí. La hora no me molesta. Lo que me molesta ahora *(Hablando en voz baja.)* es esto *(Indicando su propio cuerpo)*...

JOVAUGHN

(Hablando en voz baja.) En serio, te entiendo. ¿Ves el tamaño de...?

RICKY (cocapitán)

(Hablando a EDDIE y JOVAUGHN.) Oigan, novatos. No se olviden traer el agua a la cancha.

EDDIE

No nos toca hoy. La trajimos ayer. Les toca a Peter y a Will.

JOHNSON (cocapitán)

Um, somos los capitanes y decimos cuándo les toca a ustedes. Nos vemos.

RICKY

Y el agua debe estar limpia y fría. Hace calor hoy.

(Todos los muchachos salen del vestuario, incluidos PETER y WILL, los otros novatos en el equipo.)

JOVAUGHN

Esos tipos son realmente unos p—.

EDDIE

Es cierto. Y ¿cómo podemos cambiar la calidad y la temperatura del agua si sale de una manguera?

JOVAUGHN

¿No crees que sea casualidad que nos toca llevar el agua mucho por ser negros? Las personas en este pueblo son...

EDDIE

Es probable, Jovaughn. Pero ¿qué podemos hacer? Ellos son los capitanes del equipo. Sí, son unos imbéciles, pero...

JOVAUGHN

Son racistas. Eso son.

EDDIE

Vamos, Jovaughn. Vamos a buscar el agua más fría y fresca para esos imbéciles.

JOVAUGHN

Quizás con un poco de saliva.

EDDIE

Es una buena idea... en teoría. No debemos causar problemas, ¿OK? No hagas nada tonto. Eres mi único buen amigo aquí. *(Dándole un puñetazo en el brazo.)* Vamos.

(Los dos muchachos salen del vestuario con los contenedores de plástico que dicen GATORADE.)

ESCENA 3

La cocina de una casa mediana en un estado del noreste de los Estados Unidos; la tercera semana de la escuela, hora de cenar.

(MAMÁ y JAMES *llegan a la mesa*. PAPÁ *termina de preparar la cena.*)

MAMÁ

Amor, ¿no necesitas ayuda con la comida?

PAPÁ

No, gracias. Todo está listo. Es una receta nueva: bistec... bistec... bistec no sé qué. No me acuerdo del nombre completo.

JAMES

Papá, no seas tonto. El nombre está en la receta.

PAPÁ

Tienes razón, James, pero no la puedo ver ahora.

JAMES

(Mirando el desastre que hay en la cocina.) Obvio, papá. La cocina es un desastre otra vez. Y siempre en los días cuando me toca a mí lavar los platos...

(Hay un ruido fuera del escenario de una puerta de carro que se cierra.)

EDDIE

(Fuera del escenario.) Gracias, señor Willis. Chao, Jovaughn. Nos vemos mañana.

(EDDIE entra en el escenario. Llega a casa después de la práctica de fútbol.)

PAPÁ

Hola, Eddie. ¿Qué tal tu día? ¿Qué tal la práctica de fútbol?

EDDIE

Hola, papá. Hola, mamá. ¿Qué tal, James? ¿Todo bien? ¿Qué hay para la cena? Me estoy muriendo de hambre.

PAPÁ

No pareces muerto. ¿Seguro que estás bien?

EDDIE

Ay, papá. Sabes lo que quiero decir. Ese chiste es...

MAMÁ

Eddie, ¿quieres bañarte antes de la cena? Podemos esperar.

EDDIE

(Sentándose en su lugar a la mesa al lado de JAMES.) No. No, gracias. De veras, me muero de hambre. El entrenador nos tiene corriendo mucho en la práctica. Nos dijo que necesitamos más fortaleza.

JAMES

(Tapándose la nariz.) ¡Caray! Eddie, necesitas bañarte. Hueles MUY mal.

EDDIE

Lo siento, mano. Después de la cena me baño.

(PAPÁ llega a la mesa con el plato con la comida. Todos empiezan a servirse.)

MAMÁ

¿Cómo vas en la escuela, Eddie? ¿Cómo son los exámenes?

JAMES

Mamá, se lo preguntaste ayer. Nada cambia en un día.

MAMÁ

Hay mucho que puede cambiar en un día, James. Y solo quiero saber cómo está mi Eddie en la escuela secundaria.

(EDDIE y JAMES se miran y giran los ojos, sonriendo.)

EDDIE

No te preocupes, mamá. Todo está bien.

PAPÁ

Eddie, pásame las papas. Y, ¿cuándo es tu próximo partido? Quiero ponerlo en mi calendario. *(Sacando su teléfono del bolsillo.)*

JAMES

Papá, ¿teléfonos a la mesa? Eh, no. Sabes la regla. Y, número dos, sabes que todas las actividades están en el calendario general de la casa. *(Señalando el calendario en la pared.)*

MAMÁ

¡Je, je! James tiene razón, amor, sobre el teléfono y el calendario.

PAPÁ

(Riéndose.) ¡Hay muchas reglas en esta casa! Lo siento, James, por tener mi teléfono en la mesa. No lo saco otra vez.

JAMES

¡Tú dices esto cada dos días!

EDDIE

Pues tengo noticias. El entrenador LeBLANC dice que puedo empezar a entrenar con el primer equipo la próxima semana.

PAPÁ

Ah, ¿sí? ¡Qué bien! Son muy buenas noticias.

EDDIE

Sí son buenas noticias, pero no sé...

JAMES

¿Estás nervioso? No me digas... ¿Tienes la oportunidad de jugar con el primer equipo y no quieres? Eddie, hermano...

EDDIE

No es eso. Es que... pues, en el vestuario...

JAMES

¿Qué pasa en el vestuario? Todos los muchachos se cambian para la práctica, ¿y qué?

EDDIE

Sí, James, es verdad. Pero los muchachos en el primer equipo... son casi hombres. Son enormes. No han visto el tamaño de sus p...

PAPÁ

Eddie, no se necesita hablar de eso y especialmente en la mesa.

EDDIE

¿Qué? Ay, no, papá. No me refiero a eso. No han visto sus piernas. Son como troncos de roble[1]. No sé si puedo seguir el paso[2] de ellos.

MAMÁ

Eddie, no te preocupes. Eres bastante talentoso y puedes jugar con ellos.

PAPÁ

Aunque tu mamá no sabe mucho de fútbol *(Mirando a* MAMÁ *con una sonrisa.)*, tiene razón. Tienes mucho talento.

JAMES

A menos que estés demasiado «nervioso» para seguir el paso de los troncos. ¡Ja, ja!

EDDIE

Ay, James. *(Dándole un puñetazo en el brazo.)* Cállate, ¿eh? Espera hasta que estés en la escuela secundaria.

---

[1] roble: oak tree.
[2] seguir el paso: to keep up.

JAMES

Para mí va a ser fácil, porque yo soy el mejor: el más atlético, el más guapo...

EDDIE

¿Pero el más inteligente? No creo.

MAMÁ

Hablando de tus cursos, James...

JAMES

No soy el centro de la conversación, por favor. Hablamos más de Eddie. Eddie, vas a jugar muy bien con los atletas del primer equipo...

(Mientras la familia sigue hablando, el escenario se desvanece en negro y se cierra el telón.)

ESCENA 4

En el corredor de la escuela durante un día escolar. Una mañana en octubre.

(EDDIE y JOVAUGHN *están al lado de sus armarios hablando de los deportes. Hay muchos estudiantes que pasan por el corredor.*)

JOVAUGHN

No puedo creerlo. Cleveland ganó anoche.

EDDIE

Sí, lo sé, y con esa victoria perdí muchísimos puntos con mi equipo de fantasía. (*Tomando los libros del armario.*) Esta temporada ya es un desastre. Y hay tres meses más.

JOVAUGHN

Para ti un prob... (*Mirando y sonriendo a unas chicas blancas que caminan por el corredor.*) Hola, Krissie. Hola, Julianna. ¿Qué tal?

(*En ese momento se acercan* RICKY *y* JOHNSON.)

RICKY

Oye, ¿qué hacen?

(JOHNSON *pasa por donde está* EDDIE *y se choca con él.*)

EDDIE

¡Ey! ¿Qué pasa? *(Girándose para ver qué fue o quién fue.)* Oh, Johnson, disculpa. ¿Qué tal?

RICKY

¿Me oyeron? ¿Qué hacen?

JOVAUGHN

¿De qué hablas? Estamos charlando y tomando los libros que necesitamos para la próxima clase. ¿Qué pasa?

JOHNSON

Quiere saber ¿qué hacen hablando con las chicas?

JOVAUGHN

Están en mi clase de Ciencias. Las saludaba.

RICKY

No las molestes más.

JOVAUGHN

(Enojándose.) No las molestaba. Las saludaba. Sabes ¿«saludar»? Decir «hola». Ser amable. ¿Sabes?...

(EDDIE, comprendiendo la situación, le habla a su amigo.)

EDDIE

Jo, vamos. No hay ningún problema. Vamos a clase.

RICKY

(Hablándole muy feo.) Así es, Jo. Escucha a tu amigo. No molestes más a las chicas.

JOHNSON

Presten atención. Los estamos vigilando. *(Indicándose los ojos con dos dedos.)* ¡Ja!

(RICKY y JOHNSON siguen caminando por el corredor riéndose.)

JOVAUGHN

Esos dos tipos son imbéc...

EDDIE

Estoy de acuerdo. Pero tenemos clase. No nos preocupemos por ellos.

(EDDIE y JOVAUGHN caminan a su clase. JOVAUGHN parece enojado; EDDIE, preocupado.)

ESCENA 5

Otro día en una clase de Inglés en la escuela secundaria.

(EDDIE es el único alumno negro en el aula. El señor LeBLANC entra en la clase mientras todos hablan.)

Sr. LeBLANC

(Arreglando sus materiales.) Buenos días, clase.

(Nadie responde. Los alumnos siguen hablando.)

Sr. LeBLANC

Atención. Buenos días, clase.

(Los alumnos siguen hablando.)

Sr. LeBLANC

(Enojado.) ¡OIGAN! Quiero empezar.

(Todos paran de hablar y finalmente prestan atención al señor LeBLANC.)

Sr. LeBLANC

OK. Buenos días. ¿Cómo están ustedes? Hoy vamos a hablar de la experiencia de Nat Turner en los primeros capítulos del libro. ¿Todos leyeron los capítulos anoche?

(Nadie se mueve. Nadie responde. Solo EDDIE y dos chicas parecen listos para el debate.)

Sr. LeBLANC

Voy a repetir. ¿Leyeron ustedes los tres primeros capítulos del libro?

EDDIE

Sí, señor. Los leí.

PETER

(Susurrando a su amigo, WILL, *en voz alta para que* EDDIE *lo oiga.)* Claro que lo leyó. Es un cuento de su familia...

EDDIE

(Hablándole a Peter.) ¿Qué dijiste?

Sr. LeBLANC

¿Qué dicen? Peter, ¿dijiste algo? ¿Tienes algún comentario sobre el libro?

PETER

Claro que no. No tengo nada que decir sobre un esclavo. *(Mirando directamente a EDDIE.)*

Pues, vas a decir algo en unos momentos porque vamos a debatir en grupos las siguientes preguntas universales.

(Prende el proyector y muestra las siguientes preguntas, que son obviamente difíciles para los estudiantes de este curso.)

Preguntas
★ ¿Cómo se presentan las creencias y los valores de los personajes?
★ ¿Cuáles son los motivos del personaje principal?
★ ¿Cuáles son los conflictos a los que se enfrenta el personaje principal?
★ ¿Cuáles son las relaciones más importantes en el libro hasta ahora?
★ ¿Quiénes son los «ganadores» y los «perdedores» del libro hasta ahora?
★ ¿Qué quiere decir el autor en el capítulo 3?
★ ¿Cuáles son las cuatro preguntas que quieres hacerle al autor?
★ ¿Qué técnicas usa el autor para desarrollar los personajes, la trama y los temas?
★ ¿Qué crees que el autor quiere que sepas o que aprendas?
★ ¿Qué has leído que es similar a este cuento?

★ ¿Cuáles son algunos temas de este libro hasta ahora?

★ ¿Es un libro fácil de leer? ¿Por qué? ¿Por qué no?

★ ¿Qué impacto tiene el cuento en tu vida?

Sr. LeBLANC

Bueno, aquí está la lista de los grupos. Vamos a trabajar en grupos de cuatro hoy.

(Cambia la imagen en la pantalla por una de la lista de grupos.)

Grupos	
• Isabel	• Kevin
• Blake	• Abby
• Stephen	• Clara
• David D.	• Olivia
• Julianna	• Mitchell
• Will	• Grace
• Peter	• Jack
• Eddie	• Scott
• Maggie	• Jeff
• Ava	• Liam
• Joey	• Brandy
• Chris	

(EDDIE ve que está en un grupo con PETER, WILL y JULIANNA. No está feliz.)

JULIANNA

Vamos, Eddie. Peter, Will..., ¿leyeron ustedes? Tenemos que completar el trabajo...

WILL

Tiene que ser el trabajo de Eddie. ¿Qué voy a decir sobre ser negro? YO no soy...

PETER

Tampoco yo. Soy blanco como la nieve pura. ¡Ja, ja!

EDDIE

Muchachos, no quiero darles malas noticias, pero hay pocas personas en el mundo que son «blancos puros».

PETER

Soy una de ellas. No tengo ni una gota de sangre negra en mi cuerpo.

JULIANNA

OK, ¿están listos para empezar? Tenemos que escoger cuatro de las preguntas y responderlas.

EDDIE

Quizás no tengas sangre negra, pero es posible que tengas sangre nativa, de los indígenas.

PETER

Imposible. Soy blanco y nada más.

EDDIE

(Sabiendo que le molesta a PETER.) La verdad es que hubo muchos indígenas y blancos que se mezclaron. Algunos piensan que no hay muchas personas blancas en los Estados Unidos con sangre 100 % europea, y aun así...

PETER

(Gritando.) NO TENGO SANGRE NEGRA—

Sr. LeBLANC

¡Ey! ¿Qué pasa, muchachos?

EDDIE

(Hablando solo a PETER.) ¿Qué dijiste?

PETER

Me oíste. No necesito repetirlo.

Sr. LeBLANC

(Al no oír la palabrota, que no se oyó por completo.) Trabajen, ¿eh? Vamos a discutir los temas de la novela en 20 minutos.

(Todos regresan al trabajo. EDDIE está enfadado y no participa en el debate. El escenario se desvanece en negro.)

ESCENA 6

La cocina de una casa mediana en un estado del noreste de los Estados Unidos; por la tarde a finales de septiembre.

MAMÁ

James, ayúdame con la mesa, por favor.

JAMES

¡Ay, mamá! No pUEdo. Estoy canSAdo. *(Fingiendo el cansancio.)*

MAMÁ

(Pegándole suave a JAMES *con la toalla de cocina.)* James, eres payaso, ¿sabes? Ahora, ayúdame con la mesa.

(En ese momento, llega EDDIE *a casa y cierra de golpe la puerta. Entra en la cocina sin saludar a la familia.)*

EDDIE

Me voy a bañar. No me esperen para comer.

JAMES

(Con mucho humor.) ¡Hola, hermano mío! ¿Cómo estás? ¿Qué tal tu día?

(EDDIE echa una mirada a JAMES. JAMES continúa.)

JAMES

Oh, ¿quieres saber cómo estoy yo? Estoy bien, excelente, en serio. Fue un día excelente en la escuela. Gracias por preguntar.

EDDIE

No seas pende—

MAMÁ

Eddie, no usamos ese lenguaje en esta casa, por favor. Se nota que no estás de buen humor. Pero tu papá me mandó un mensaje de texto. Va a llegar en diez minutos y es cuando vamos a comer. Siempre comemos juntos y esta noche no va a ser diferente. Anda, báñate. Nos vemos en diez minutos.

(EDDIE sale de la escena. MAMÁ y JAMES siguen con la conversación.)

MAMÁ

James, ¿quieres explicarme por qué tu maestra de Matemáticas me mandó un correo hoy?

JAMES

Oh, ¿te mandó un correo? ¿Qué dijo?

MAMÁ

No sé todavía. No he tenido tiempo de abrirlo. Y quería preguntarte primero.

JAMES

Probablemente quiere decir que soy el estudiante más inteligente de la clase. Que soy estudioso. Que completo toda la tarea siempre y que soy guapo. ¿Qué más puede decir?

MAMÁ

James, me haces reír. Es verdad que eres guapísimo, pero normalmente los maestros no escriben correos para decir eso. ¿Qué pasa en la clase?

JAMES

No tengo idea, mamá.

(En ese momento llega PAPÁ. JAMES aprovecha la oportunidad para no tener que hablar de la escuela y le habla inmediatamente a PAPÁ.)

JAMES

(Con un tono exagerado, y tratando de ayudarle con el abrigo, el portafolio, etc.) ¡PAPÁ! Estoy sumamente feliz de verte. ¿Cómo estás? ¿Cómo fue tu día?

PAPÁ

Hola, James. Hola, mi amor. *(Dándole un beso a MAMÁ.)* James, no debes tomarme el pelo. Leí el correo de tu maestra de Matemáticas.

(MAMÁ y JAMES lo miran con curiosidad.)

MAMÁ

Ah, ¿sí? No tuve tiempo. ¿Qué dijo? ¿Que JAMES es el más guapo de la clase?

PAPÁ

(Confundido.) No. ¿Por qué iba a decir eso?

JAMES

Porque soy GUAPO, papá.

(En ese momento, EDDIE entra en la cocina y salva a su hermano. JAMES de nuevo aprovecha la oportunidad para cambiar la conversación hacia otra persona.)

JAMES

Eddie, ¿estás mejor? Te ves muy guapo. Me gusta la camiseta. Oh, y hueles bien también, ¿eh? Excelente. A las chicas les va a gustar...

EDDIE

¿Cuál es tu problema? Cállate, ¿OK? Por el amor de Dios. Cállate. Hablas demasiado.

(JAMES se sienta en su silla. PAPÁ también. EDDIE ayuda a MAMÁ con la comida. JAMES trata de cambiar la conversación otra vez.)

JAMES

Hablando en serio..., ¿cuándo es el primer partido en el que vas a participar con el primer equipo?

EDDIE

Mañana.

MAMÁ

¿Por qué tu primer partido con ese equipo tiene que ser tan lejos? Me gustaría ir.

PAPÁ

¿Dónde es?

JAMES

Papá, toda la información está en el calendario. Hay que mirarlo.

PAPÁ

Cada mañana tengo la intención de mirarlo, pero siempre es tarde...

EDDIE

No importa. De veras, no quiero jugar con ese equipo.

PAPÁ

¿Por qué dices eso? ¿No es un gran honor ser seleccionado para participar como un atleta de primer año? Quiere decir que eres un gran atleta, ¿no? ¿No? *(Les pregunta a su esposa y a sus hijos.)*

EDDIE

Tal vez. Pero todos los jugadores de ese equipo son blancos. Son horribles.

PAPÁ

Y su raza... ¿qué tiene que ver con sus habilidades atléticas?

EDDIE

No, papá. Quiero decir que son imbéciles.

MAMÁ

Lenguaje, Eddie.

EDDIE

Lo siento, mamá. Pero lo son. Los capitanes del equipo nos molestan a Jovaughn y a mí en el corredor.

PAPÁ

¿Qué pasó?

EDDIE

Pues hoy, estábamos en el corredor y Jovaughn saludó a unas chicas en su clase. Esos idiotas pararon, después de haberse «chocado» conmigo, y nos preguntaron qué hacíamos. Jovaughn no entendió y trató de explicarles que solo quería saludar a unas chicas de clase.

PAPÁ

Son mayores y querían demostrar su poder. ¿Eso fue?

MAMÁ

No, Barry. No es eso.

EDDIE

Y nos dijeron que iban a estar vigilando. *(Indicándose los ojos con dos dedos.)*

MAMÁ

¿Quieres que llame a la escuela? ¿Piensas que el lío es por la raza de ustedes?

EDDIE

No. Por favor, no. No quiero ser «ese muchacho». Tengo bastantes problemas en la escuela siendo uno entre un puñado[3] de personas negras en la escuela. No quiero ser el muchacho que necesita que sus padres llamen a la escuela.

MAMÁ

Como quieras, Eddie. Pero tienes que decirme si continúa así...

PAPÁ

Si, hijo. Podemos ayudarte. *(Tocando el brazo de EDDIE.)*

EDDIE

Gracias, papá. Yo sé. Pero quiero hacer esto yo solo.

JAMES

Eso es, hermano. Así se habla. Vas a jugar muy bien en el partido mañana. No eres el más guapo, pero...

---

[3] puñado: handful.

PAPÁ

(Mirando a JAMES.*)* Y tú, señor, vas a tener que hablar con tu maestra de Matemáticas. Necesitas ayuda adicional porque tu nota es horrible. Sacaste un 54 % en el examen. Quizás seas un genio con la tecnología, pero es evidente que no haces la tarea.

*(*JAMES *se ve un poco asustado y avergonzado.)*

PAPÁ

¿Me oíste? Vas a ir a hablar con ella mañana. Necesitas cambiar esa nota y ya.

JAMES

¿El correo no mencionó nada de por qué soy tan guapo?

(Todos se ríen y MAMÁ *le pega a* JAMES *con la servilleta. La escena se desvanece en negro.)*

ESCENA 7

En el vestuario por la tarde. Es el día del primer partido que EDDIE va a jugar con el primer equipo. Todos los muchachos —los del primer equipo y los del segundo equipo— están en el vestuario. Los jugadores del primer equipo se preparan para el partido y los del segundo para el entrenamiento.

JOVAUGHN

(Hablando con EDDIE.) Esa Krissie…, la que está en mi clase de Historia, es bien mona[4], ¿no? Ay, cómo me gustaría salir con ella… Siempre hablamos en clase. *(Casi soñando.)*

EDDIE

Me dijiste que ella solo te habla cuando ustedes están trabajando en grupos. Si es verdad que ustedes «hablan todo el tiempo», ¿de qué hablan?

JOVAUGHN

Pues, hablamos del fútbol…, el fútbol americano…, el básquetbol profesional y…

EDDIE

Ah, ¿sí? Es difícil creer —pues, es imposible creer— que esos temas le gusten a ella. ¿Cómo participa ella en la conversación?

---

[4] mona: cute.

JOVAUGHN

(Dándose cuenta...) Ahora que lo mencionas..., ella no habla mucho.

EDDIE

No habla nada. Seguro que no la dejas hablar.

JOVAUGHN

Quizás..., ¡pero hablamos! Oye, ¿estás listo para jugar hoy? Juega bien.

EDDIE

Sí, voy con ellos hoy. No sé si voy a jugar o no.

(Se acerca RICKY a donde están EDDIE y JOVAUGHN.)

RICKY

Oye, Eddie. Basta de chismear con tu novio. Alístate. Tienes que llevar los contenedores para el agua y la bolsa grande con los balones.

EDDIE

(Preguntando a RICKY.) ¿Quién me va a ayudar?

RICKY

Nadie, idiota. Te toca a ti solo. Y tú, imbécil, *(Hablándole a JOVAUGHN.)* lleva afuera el agua para el resto del equipo. Esperan el agua.

(RICKY sale de la escena con su maletín deportivo de una manera muy creída. JOHNSON y los otros lo siguen y con la misma actitud.)

JOVAUGHN

(Imitando a RICKY.) «Esperan el agua». Pueden esperar mis...

EDDIE

(Agarrando todo el equipo que necesita llevar al bus.) ¿Sabes, Jo? De veras, no quiero jugar con ellos, aunque sean del primer equipo.

JOVAUGHN

Buena suerte, mano, en serio. Juega bien.

EDDIE

(Agarrándole la mano a JOVAUGHN.) Gracias, hombre. Nos vemos.

(JOVAUGHN sale de la escena con los contenedores para el agua. EDDIE lucha con todo el equipo que necesita llevar al bus. Está solo en el vestuario hasta que llegan RICKY y JOHNSON.)

EDDIE

Oh, justo a tiempo. ¿Me ayudan con el equipo? *(Tratando de darles algún equipo para que lo lleven.)*

JOHNSON

¿Ayudarte? Uh, no. No estamos aquí para ayudarte a nada.

RICKY

No ayudamos a ningún negra—

(RICKY *no termina la frase porque entra en el vestuario el entrenador, el señor* LeBLANC.)

Sr. LeBLANC

Muchachos, los esperamos. ¡Vamos!

JOHNSON

Sí. ¡Ahora vamos! Estamos aquí para ayudar con el equipo.

Sr. LeBLANC

Pues, rápido entonces. Tenemos que irnos.

(*El señor* LeBLANC *sale de la escena.*)

JOHNSON

Un mensaje importante para ti, chico. No nos gustan los negros aquí. No perteneces a este equipo y nunca vas a ser parte de este equipo ni de este pueblo.

RICKY

Cuídate que nada malo te pase.

JOHNSON

Es nuestro pueblo, negra—

(De fuera de escena viene la voz del señor LeBLANC.)

Sr. LeBLANC

¡Johnson, Ricky, Eddie! ¡Vamos ya!

(Los capitanes salen de la escena. EDDIE se queda estupefacto, solo, y la escena se desvanece en negro.)

ENTREACTO

ACTO II

ESCENA 1

La cocina de una casa mediana en un estado del noreste de los Estados Unidos; por la mañana, antes de la escuela. Primer día de escuela. Es el primer día del último año para EDDIE y el primer día del primer año para JAMES.

(EDDIE está listo con su mochila. Toma un café y espera hasta que su hermano termine con el desayuno.)

EDDIE

James, vamos. ¿Quieres llegar tarde el primer día?

JAMES

¿Sabes qué? La escuela secundaria no es tan importante. De hecho, decidí no asistir…, especialmente si empieza a esta hora horrible.

(Entra MAMÁ, apurada pero lista para su trabajo también.)

MAMÁ

¿Qué es horrible, James? Tú no lo eres.

JAMES

Claro que no, mamá. Soy superinteligente. Por eso, no voy a asistir a la escuela secundaria.

EDDIE

Lo siento mucho, hombre, pero la ley dice que tienes que asistir hasta los 16 años. Te faltan un par de años.

JAMES

Pfff. ¿Por qué tienes que destruir mi fantasía con algo así? Quiero soñar un poco más... (JAMES *finge dormir a la mesa.*)

MAMÁ

Y, en esta casa, no tienes la opción de dejar la escuela. Además, vas a tener que asistir a la universidad también.

(JAMES *le echa una mirada confundida a* MAMÁ.)

JAMES

Pero ¿qué pasa si no me gusta?

EDDIE

A nadie le gusta la escuela. Es parte de la vida.

JAMES

A ti te gusta. O parece...

EDDIE

Tolero la escuela como tolero a la gente de este pueblo, racistas como son.

MAMÁ

James, ¿estás preocupado por ir a la escuela?

JAMES

Mamá, tú SABES que sufro de ansiedad... *(Girando los ojos arriba y mirando a* MAMÁ.*)*

MAMÁ

Lo que pasó con Eddie no te va a pasar, James. Arreglamos la situación con la administración de la escuela.

JAMES

Lo arreglaron muy bien, ¿eh? El mismo hombre es todavía entrenador de fútbol. Pfff.

MAMÁ

OK, no vamos a hablar de eso ahora. Ustedes tienen que salir para llegar a tiempo. ¿Están emocionados de estar en la escuela juntos por primera vez? Necesito tomar una foto.

JAMES

¿Una foto? De veras, mamá... *(Quejándose.)*

MAMÁ

Tengo una foto de ustedes en este día cada año.

EDDIE

Y cada año nos quejamos. Ay.

MAMÁ

Vamos, a la ventana.

EDDIE

Vamos, James, hermano mío. *(Agarra a* JAMES *con un brazo por el cuello.)*

(MAMÁ saca muchas fotos de sus hijos.)

EDDIE

¿Estás listo, James?

JAMES

¿Para sufrir en la escuela? Sí, supongo que sí. *(Gruñe[5] mientras toma la mochila para irse.)*

EDDIE

Chao, mamá. *(Le da un beso a* MAMÁ.*)* Nos vemos por la tarde.

---

[5] gruñe: he groans.

JAMES

Chao, mamá. Vas a poder recoger mi cuerpo en la recepción si no sobrevivo al día.

MAMÁ

No seas melodramático, James. Dame un beso y disfruta tu primer día en la escuela secundaria.

JAMES

¡Socorro! Me lleva a la muerte.

(JAMES también le da un beso a MAMÁ.)

EDDIE

Vamos, payaso.

MAMÁ

Eddie, presta atención y maneja bien.

EDDIE

Claro. Chao, mamá.

(Los dos jóvenes salen de escena. MAMÁ se queda en el escenario mirando las fotos que ya sacó con su teléfono —que la audiencia puede ver en una pantalla arriba—. El escenario se desvanece en negro y se cierra el telón.)

ESCENA 2

En el corredor de la escuela. La primera semana del último año de escuela para EDDIE.

(EDDIE está con JOVAUGHN hablando cerca de sus armarios. JAMES pasa por ahí.)

JOVAUGHN

Eddie, dime otra vez por qué quieres ser presidente de esta maldita escuela.

EDDIE

Jo, es como te digo siempre, «Sé el cambio que quieres ver en el mundo».

JOVAUGHN

Ya me dijiste esto muchas veces, pero aquí, ¿en esta escuela? ¿En este pueblo? ¿Piensas que puedes ganar?

EDDIE

Sí. Yo sé que es la segunda vuelta de las votaciones para este puesto porque nadie ganó con mayoría de votos en la votación de la primavera. Pero quizás después de las protestas que ocurrieron durante el verano... No sé. No sé si voy a ganar, pero no puedo ganar si no estoy en la votación. Además, ser presidente de la escuela —aun esta escuela— se ve bien en las solicitudes para la universidad, ¿no crees?

JOVAUGHN

¡Ja! Claro. *(Con desprecio[6].)* Las universidades deben aceptarnos por haber sobrevivido en las escuelas de este pueblo por tantos años.

EDDIE

Sin duda.

JOVAUGHN

Allí está tu hermano. Voy a avergonzarlo...

JAMES

Hola, Eddie. Hola, Jo.

EDDIE

Cuidado, mano.

JAMES

¿Por qué?

JOVAUGHN

(Agarrando a JAMES *con un abrazote y pegándole suave en el torso.)* James, hombre. ¿Qué tal? ¿Cómo has estado? *(Abrazándole aún más fuerte.)*

---

[6] con desprecio: with contempt.

JAMES

¡Je, je! Hola, Jo. Gusto verte. *(Casi susurrando.)* Ya basta. No puedo respirar.

(JOVAUGHN suelta a JAMES y se dan la mano como los jóvenes.)

JOVAUGHN

¡Ja, ja! James, pero ¿todo bien?

(En este momento pasan WILL y PETER por el corredor. WILL se choca con JAMES.)

WILL

Oh, lo siento. No te vi.

(JAMES está asustado, pero no dice nada. EDDIE entiende todo y se enoja.)

EDDIE

Claro que nos viste. Estamos solos aquí en el corredor. No seas imbécil. No hay que ser así.

PETER

Eddie, cálmate. No pasó nada.

JOVAUGHN

Ustedes son pend—

(El señor LeBLANC oye las voces altas y fuertes y sale de su aula, que está allí cerca.)

Sr. LeBLANC

Caballeros, ¿hay un problema aquí?

WILL

Claro que no, entrenador. Hablamos con unos amigos nomás.

JAMES

Eso no fue exact...

(EDDIE le echa una mirada a JAMES para que se calle.)

Sr. LeBLANC

La próxima clase empieza en dos minutos.

(El señor LeBLANC entra en su aula otra vez.)

EDDIE

Vamos, muchachos. Y James, te veo aquí después de la escuela para llevarte a casa.

PETER

Ah, sí. No tienes que quedarte después de la escuela porque ya no eres jugador de fútbol.

EDDIE

Ya no. Tengo más tiempo para dedicarme al gobierno estudiantil y los cambios que quiero hacer en la escuela.

WILL

¿Cambios? ¿Qué cambios?

EDDIE

Les doy toda la información en mi discurso el lunes. Vamos, chachos. Hasta luego, «amigos».

(EDDIE, JOVAUGHN y JAMES *salen del escenario. WILL y* PETER *los siguen con la mirada, charlando y susurrando sin decir nada que oiga la audiencia. El escenario se desvanece en negro.*)

ESCENA 3

La cocina de una casa mediana en un estado del noreste de los Estados Unidos; hora de cenar.

(MAMÁ, PAPÁ, EDDIE y JAMES *están en la mesa hablando y cenando.*)

MAMÁ

Hijos míos, ¿cómo estuvo la escuela hoy?

JAMES

(Exasperado.) Mamá, ¿Por cuántos años eres periodista? Nos haces la misma pregunta cada día. Debes tener otras preguntas, ¿no? Je, je.

MAMÁ

No seas criticón, James. Solo quiero saber de mis hijos. *(Sonriendo.)*

PAPÁ

Ay, no molestes a tu pobre mamá. Hace preguntas todo el día. Entonces ¿cómo estuvo el día en la escuela?

EDDIE

Ustedes son increíbles, ¿saben? *(Sonriendo y comiendo.)*

JAMES

¿Cómo estuvo la escuela? ¿Cómo estuvo la escuela? Voy a ver... Bien.

MAMÁ

¿Cómo que «bien»? Esa respuesta no me da ninguna información.

JAMES

(Descaradamente[7].) Quizás necesitas hacer una mejor pregunta...

PAPÁ

(Sonriendo y comiendo.) Ustedes dos son increíbles también, ¿saben?

JAMES

Pues, vi a Eddie y a Jo en el corredor y Jo trató de ahogarme[8]. Fue un poco incómodo.

MAMÁ

¿¿Qué??

EDDIE

En un abrazo, mamá. Nada malo le pasó a tu nene.

---

[7] descaradamente: shamelessly.
[8] ahogarme: to choke me.

JAMES

Hasta el incidente con esos imbéciles.

PAPÁ

¿Con qué imbéciles?

MAMÁ

James, Barry. ¡Lenguaje!

JAMES

Esos idiotas, Will y Peter, que están en el mismo
curso que Eddie. Uno de ellos se chocó conmigo
en el corredor.

PAPÁ

Pues, ¿qué pasó? ¿Fue por casualidad? ¿Había
muchas personas en el corredor?

EDDIE

No, papá. Fue intencional. Son los mismos que
fastidian siempre.

PAPÁ

Ignóralos.

MAMÁ

¿Fastidian a todos...?

EDDIE

No. Solo a las personas negras e hispanas y a las que piensan que son menos importantes que ellos.

PAPÁ

Ignórenlos. No están en la escuela para ser buenos amigos de todos.

EDDIE

(Con desagrado[9].) No, pero sería fenomenal poder asistir a la escuela sin ser fastidiado todos los días.

MAMÁ

Parece que tengo que llamar otra vez a la administración.

JAMES y EDDIE

¡NO!

EDDIE

Mamá, por favor, no llames. Las elecciones son el lunes y no quiero más problemas.

---

[9] desagrado: displeasure.

MAMÁ

(*Insegura.*) No sé, Eddie, el director tiene que saber de este fastidio.

EDDIE

Quizás después de las elecciones. Estamos bien. Voy a estar más pendiente de James en la escuela, ¿OK?

PAPÁ

Y ¿qué piensas de las elecciones? Ser presidente de la escuela es algo bueno que puedes incluir en la solicitud para la universidad.

EDDIE

Claro, papá. Pero también quiero hacer unos cambios en la escuela.

JAMES

Pues, vas a ganar un voto, Eddie. Voy a votar por ti.

EDDIE

(*Riendo un poco.*) Claro. Si no votas por mí, no te llevo a la escuela por las mañanas.

JAMES

(*Imitando.*) «No te llevo a la escuela por las mañanas.» Sabes que no es tu carro, ¿no? Y tienes que llevarme todos los días...

MAMÁ

OK, muchachos. Basta. Terminemos la cena en paz.

(EDDIE y JAMES *siguen fastidiando de manera cómica mientras el escenario se desvanece en negro y el telón se cierra.*)

ESCENA 4

En la escuela. Lunes, el día de las elecciones por la tarde.

(El telón está cerrado y la pantalla de vídeo baja enfrente para poder ver los discursos de los dos candidatos para presidente estudiantil de la escuela.)

EDDIE

(Discurso grabado.) Hola, compañeros de clase, estudiantes de otros cursos, miembros de la administración y miembros de la comunidad escolar. Como ya saben, me llamo Eddie Meyer y me gustaría ser presidente de la escuela este año. He sido parte del gobierno estudiantil por tres años: mi primer año como vicepresidente del curso y los dos últimos años como presidente. Tengo mucha experiencia y quiero usar esta experiencia para ayudar a cambiar —a mejor— la escuela.

Primero, me gustaría hacer cambios en el número y en la diversidad de clubes que hay. Segundo, quiero plantear[10] aumentar el tipo de cursos de Historia que la escuela ofrece. Tercero —y lo más importante ¡ja, ja!— quiero hacer unos cambios en la comida que nos sirven en la cafetería. Debemos probar comida de diferentes regiones. Nuestra escuela es buena, pero puede ser mejor. Si ustedes me eligen presidente, voy a trabajar

---

[10] plantear: to set out, to lay out.

para hacer estos cambios para que todo sea mejor para todos.

JULIANNA

(Discurso grabado.) Hola. *(Riendo.)* Soy Julianna. Quiero ser presidenta de la escuela. Ustedes saben que estoy muy ocupada con todas mis actividades. Juego al fútbol, soy nadadora y también juego al lacrós. También, soy presidenta de S. A. D. D. y participo en muchas otras actividades. Me gusta —no, me encanta— ser parte de esta escuela. Quiero que este último año sea el mejor para todos.

(La pantalla se sube cuando terminan los dos discursos.)

ESCENA 5

El aula del señor LeBLANC. La última clase del día. Segunda semana de la escuela.

(El telón se abre y los estudiantes están en la clase de Inglés avanzado con el señor LeBLANC. Ya terminaron de ver los discursos para la elección de presidente estudiantil.)

Sr. LeBLANC

OK, clase. Es hora de votar. Pueden acceder al enlace para la votación en la página web de la escuela. Como en las elecciones actuales, solo pueden votar una vez, y si no les gustan los candidatos, pueden escribir el nombre de la persona para la cual quieren dar su voto.

EDDIE

Julianna, bien hecho en tu discurso. Buena suerte con las elecciones. *(Le da la mano a JULIANNA.)*

JULIANNA

Gracias, Eddie. Eres muy amable. Quiero ser presidenta, claro, pero tu discurso fue excelente. Tú hablas muy bien. *(Sonriendo.)* Buena suerte también.

(Los otros estudiantes están hablando mientras votan con sus teléfonos.)

Sr. L
eBLANC

Si votaron ya, pueden irse. No se olviden de la tarea: leer Nat Turner, páginas 33-78.

(La mayoría de los estudiantes se paran y salen de la clase y del escenario.)

Sr. LeBLANC

Eddie y Julianna, me ayudarán a contar los votos, ¿sí?

JULIANNA

Solo tengo quince minutos. Necesito ir al entrenamiento de fútbol. Soy la capitana.

EDDIE

Claro, señor LeBLANC. Voy a estar aquí.

Sr. LeBLANC

¿Tienen sus computadoras portátiles? Les voy a mandar el enlace para ver los resultados.

JULIANNA

No tengo mi computadora.

(EDDIE abre su computadora y mira los resultados en tres columnas, una «X» para JULIANNA, una «X» para él u otro nombre *escrito. La audiencia ve los resultados en la pantalla.)*

Sr. LeBLANC

La administración quiere los números de votos para cada candidato. Ustedes hicieron buenas campañas. Espero que el mejor candidato o la mejor candidata gane.

JULIANNA

Gracias, señor.

EDDIE

¿El programa va a calcular los resultados o tendremos que contar?

Sr. LeBLANC

No sé. Voy a buscar el correo que me mandaron...

JULIANNA

No puedo quedarme más. Tengo que estar en la cancha. ¿Puedes hacerlo tú, Eddie?

EDDIE

Claro. No te preocupes.

JULIANNA

Gracias, Eddie. No cuentes mal y no hagas trampas[11]. ¡Ja, ja!

EDDIE

No soy así, Julianna.

JULIANNA

Lo sé, Eddie. Estaba bromeando. OK, me voy. Chao.

(JULIANNA sale del escenario. Muchas personas escribieron el nombre de «Triunfo» en la tercera columna. Esta información se ve por la pantalla en la clase.)

EDDIE

(A sí mismo.) ¿«Triunfo»? ¿En serio? ¿Ese político racista? *(Hablando ahora con el señor LeBLANC.)* Señor LeBlanc, ¿es importante escribir el nombre del candidato que incluyeron los estudiantes si no es alumno de la escuela?

Sr. LeBLANC

Sí, vamos a reportar cómo votó el alumnado[12]. Ah, aquí está el correo. Dice: «El programa va a contar el número de votos para los dos

---

[11] no hagas trampas: don't cheat.
[12] alumnado: student body.

candidatos principales, pero no va a contar el número para los candidatos adicionales. Eso se tiene que contar manualmente».

EDDIE

(Sin expresión ninguna y a nadie en particular.) Es bueno que esta escuela no sea muy grande, contando el número de votos para la tercera persona. Por el amor de Dios: ¿Triunfo?

(La escena se desvanece en negro mientras EDDIE *cuenta los votos y el señor* LeBLANC *no hace nada para ayudar ni atender a la situación.)*

ESCENA 6

La cocina de una casa mediana en un estado del noreste de los Estados Unidos; por la noche.

(JAMES *está en la mesa haciendo la tarea.* MAMÁ *está limpiando la cocina.*)

MAMÁ

¿Qué tarea tienes, James?

JAMES

Es para la clase de Historia. Tenemos que contestar esta pregunta: «¿Cuáles son las implicaciones políticas, económicas, geográficas y sociales de la expansión mundial?»

MAMÁ

¿Expansión? ¿De dónde? ¿Adónde?

JAMES

Mamá, ¿qué sé yo? Tengo catorce años. Es un milagro que recuerde hacer la tarea.

MAMÁ

(*Riéndose.*) Tienes razón, James. Es un milagro. ¿Puedo ayudarte?

JAMES

Claro. Gracias.

MAMÁ

¿Qué conceptos estudian ustedes en el curso?

JAMES

Es la clase de Historia Mundial, entonces: ¿la historia del mundo?

MAMÁ

Eres «maestro de lo obvio», ¿no? *(Riéndose.)* Entonces, es probable que ustedes tengan que pensar en la expansión del mundo desde Europa hasta otros continentes.

JAMES

Oh, OK. Es fácil. Voy a escribir mis ideas ahora.

MAMÁ

Pero tienes que recordar que es solo una parte de la historia.

JAMES

No, tienes razón. Hablamos de los europeos en clase. La respuesta es fácil...

MAMÁ

No, James, lo que quiero decir es que es solo una parte…, sí, los europeos extendieron su dominio y su control sobre el mundo durante esas épocas, pero su historia —su perspectiva— no es la única que se debe considerar.

JAMES

Pero es lo que ocurrió. ¿No es correcto?

MAMÁ

James, la historia que les presentan es la historia desde el punto de vista de los europeos, y es solo un punto de vista. Por ejemplo, ¿quiénes eran las primeras personas de este país?

JAMES

Los peregrinos de Inglaterra. Lo aprendimos en primer grado.

MAMÁ

James, piensa otra vez. Las primeras personas. Hablamos de esto mucho en la casa.

JAMES

Oh, claro. Las personas indígenas.

MAMÁ

Y ¿piensas que ellas cuentan la misma historia que los europeos?

JAMES

Ah, no...

MAMÁ

Exacto. Es como cuando tú y Eddie tienen una bronca[13] y quieren que Papá y yo los ayudemos. Tenemos que oír los dos lados...

JAMES

¡...para saber las dos perspectivas; aunque nunca me creen! Pero, ahora, entiendo. Parece que nos presentan solo una perspectiva en clase. ¿Por qué no nos presentan la historia verdadera?

MAMÁ

La información que te dan es información correcta, pero no es toda la información. Hay que tener en cuenta[14] todos los puntos de vista de todas las personas, sus ideas y sus experiencias.

(MAMÁ *está secando los platos.* JAMES *escribe en su computadora portátil. Parece confundido. Después de un tiempo, habla.*)

---

[13] bronca: argument.
[14] tener en cuenta: take into account.

JAMES

Mamá, ¿por qué vivimos en este pueblo?

MAMÁ

(Hace una pausa antes de responder.) ¿Por qué preguntas eso, James?

JAMES

No sé. Pues, es difícil ser una persona negra en este pueblo. No me siento cómodo a veces...

MAMÁ

¿Hay más problemas en la escuela?

JAMES

No..., no hay nada específico. Pero nos ven aparte de los estudiantes blancos. No es lo que veo, es lo que siento.

(MAMÁ espera para que JAMES continúe.)

JAMES

Por ejemplo, hay un muchacho nuevo en mi clase este año. Se llama Abubakar[15]. Su padre es profesor nuevo de estudios de Medio Oriente en la universidad.

---

[15] Abubakar: pronounced ah-BU-ba-kar.

MAMÁ

Ah, ¿sí? Qué bien. ¿Lo conoces bien?

JAMES

Claro, Mamá. Él es la única persona de otra raza en mi curso. Además, él es buena onda[16].

MAMÁ

Entonces, ¿cuál es el problema?

JAMES

Abubakar está en tres de mis clases. Es muy inteligente —más inteligente que yo, y yo SOY inteligente—. *(Riendo.)* Todos los profesores pronuncian mal su nombre, aunque es fácil. No sé si es intencional.

MAMÁ

Ummm, es molestoso, ¿no? ¿Ha comentado algo Abubakar en clase para corregir a los profesores? ¿Has comentado algo tú?

JAMES

Cada vez que dicen «Abu-beyke-r», nosotros enfatizamos «AbU-ba-kar», pero no nos prestan atención...

---

[16] buena onda: good time.

(En ese momento llega EDDIE, enojado, por la puerta a un lado de la casa.)

MAMÁ

Hola, Eddie. ¿Qué tal tu día?

EDDIE

Hola, Mamá. Oh, mi día fue tremendo. Otro día en el paraíso que es este pueblo. Un infierno racista.

(MAMÁ y JAMES se miran un poco sorprendidos.)

MAMÁ

Ya veo. ¿Qué tal si te preparo un plato y puedes contarnos todo?

JAMES

Hombre, hiciste bien tu discurso hoy. Me gustó. Y fue sumamente mejor que el de la otra chica. ¿Cómo se llamaba? Y... ¿cómo te fue? ¿Eres la primera persona de raza negra como presidente de la escuela o qué?

EDDIE

Julianna se llama. Y, de veras, mamá, no tengo hambre.

MAMÁ

Tienes que comer, y como soy la mamá... *(Sonriendo.)* Siéntate. James, toma una botella de agua del frigo para tu hermano.

(EDDIE *se sienta a la mesa.* JAMES *le trae el agua.)*

EDDIE

Mamá, ¿por qué vivimos en este pueblo? Solo hay puros racistas.

(MAMÁ *le trae la comida que calentó en el microondas.)*

MAMÁ

Tu papá y yo pensábamos que era mejor vivir en este pueblo por la calidad de las escuelas: el número de alumnos en cada clase, la reputación de los maestros... Queríamos darles a ustedes las mejores oportunidades. Decidimos que este pueblo era mejor para su educación.

EDDIE

La única educación que recibo es que la mayoría de la gente blanca vive con privilegios.

MAMÁ

¿Qué pasó, Eddie? ¿Pasó algo con las elecciones? ¿Hay resultados ya?

EDDIE

Sí. Gané. Pero aunque di el mejor discurso y soy el mejor candidato, no recibí la mayoría de los votos. Además, un 20 % de los alumnos en toda la escuela escribieron el nombre de «Triunfo», ese político racista del estado y le dieron su voto. Imbéciles. Y ahora ni quiero ser presidente. ¿Para qué? ¿Para tratar de ayudar a la escuela que me maltrata?

MAMÁ

¿Quieres que yo llame a...?

EDDIE

(Grita.) ¡NO!

(MAMÁ y JAMES se asustan.)

EDDIE

Lo siento. No. Por favor, no llames a nadie. Es un asunto que no se puede resolver con una llamada telefónica, ni un correo, ni una conversación.

MAMÁ

Bueno pues. Eddie, eres casi un adulto. Si necesitas mi ayuda, tienes que decírmelo. (Acercándose para darle un beso en la cabeza.) Pero estoy muy orgullosa de ti. Por haber ganado las elecciones, por ser la primera persona negra en el puesto de presidente de la escuela, y por ser mi hijo. *(Hablando a* JAMES.*)* Y de ti también, pero tienes que terminar esa tarea.

(La escena se desvanece en negro y se cierra el telón mientras EDDIE *se queda pensativo,* JAMES *hace gestos cómicos de hacer la tarea y* MAMÁ *parece preocupada.)*

ESCENA 7

Fuera de la escuela por la tarde; a la salida del gimnasio. Noviembre.

(EDDIE y JOVAUGHN *caminan al parqueo después de la práctica de básquetbol. La pantalla se baja.*)

EDDIE

¿Te llevo a tu casa, Jo?

JOVAUGHN

No, gracias. Mi papá viene a recogerme.

Oye, Eddie, ¿el señor LeBlanc escribió comentarios en tu ensayo de las solicitudes para las universidades?

EDDIE

Sí. Ugh. Indicó que mi ensayo es «demasiado personal». Es el propósito, ¿no? Para que las personas me conozcan, aunque sea de una manera parcial. ¿Puso comentarios en tu ensayo?

JOVAUGHN

También puso comentarios similares. Ese hombre no sabe nada.

EDDIE

Es verdad. Como leímos ese libro de Nat Turner cuando éramos del primer curso y lo leemos otra vez este año —con las mismas lecciones, o falta de lecciones—, ¿piensa que está concientizado[17]? Tiene un largo camino para llegar a ser así. Oye, ¿de qué escribiste en tu ensayo?

JOVAUGHN

De ser una persona negra en un pueblo en el que falta diversidad. ¿Tú?

EDDIE

Igual. ¿Cómo puede el señor LeBlanc comentar sobre ese tema? ¿Qué sabe él de ser negro aquí? ¿Qué quiere que escribamos? Algo básico como la mayoría debe escribir: *(Sarcásticamente.)* «Mi dilema: decidir entre participar en la liga de béisbol o jugar al golf».

JOVAUGHN

¡Ja, ja! Tienes razón.

(El teléfono vibra en el bolsillo de JOVAUGHN. Mientras lee el mensaje y responde inmediatamente, habla con EDDIE a la vez.)

---

[17] concientizado: aware.

JOVAUGHN

Es mi papá. Está aquí, pero no sabe por dónde ir. Clásico. Me dice que está en la puerta principal.

EDDIE

Está bien, mano. *(Dando la mano a JOVAUGHN.)* Nos vemos mañana. Cuídate, ¿sabes?

JOVAUGHN

Oh, lo sé. Sabemos más que todos. Tú también, cuídate.

(JOVAUGHN corre despacio a donde está su papá y sale del escenario. EDDIE llega a su carro y busca las llaves en los bolsillos de la chaqueta y de los pantalones.)

EDDIE

¿Dónde están las llaves? *(Baja la bolsa y la mochila para buscar más. Finalmente las encuentra en la bolsa.)* Fenomenal. Bien hecho, Eddie. No tapaste la botella de agua y ahora el mando[18] está mojado. Espero que funcione.

(EDDIE toma el mando y presiona el botón muchas veces para abrir la puerta. Ve las luces de otro carro, pero no presta atención. Trata de abrir la puerta aunque el mando electrónico no sirve. Con frustración agarra la puerta del carro y trata de abrirla. En ese instante el carro llega.

---

[18] mando: remote, key fob.

74

Es el carro de la policía. Un policía baja del carro.)

POLICÍA

¿Qué haces?

EDDIE

(Sin pensar en la situación.) Quiero ir a casa, pero la llave no funciona.

POLICÍA

(Mirando la marca del carro —una marca de lujo— y a EDDIE.*)* ¿Estás seguro de que es tu carro?

EDDIE

Pues, es el carro de mi padre.

*(*EDDIE *intenta sacar su teléfono.* POLICÍA *se pone a la defensiva, parece que no sabe lo que hace* EDDIE *con las manos.)*

POLICÍA

¡Basta! Muestra las manos.

*(*EDDIE *se da cuenta de la situación y oye la voz de su madre —una grabación desde fuera del escenario—.)*

(Grabación de la voz de MAMÁ *desde unos altavoces.)* Eddie, en cualquier encuentro que tengas con la policía es sumamente importante que sigas las instrucciones. Siempre tienes que seguir las instrucciones.

EDDIE

(Levantando las manos.) Sí, señor. Solo quería sacar mi teléfono para llamar a mi padre.

POLICÍA

Oh, vamos a llamar a tu padre. ¿Tienes identificación?

EDDIE

Sí, señor. Mi licencia está en mi cartera, que está en la mochila. ¿Puedo sacarlo?

POLICÍA

¿Qué hay en la mochila? *(Tomándola para tocar qué hay adentro.)*

EDDIE

Mi cartera. Libros, cuadernos y una calculadora. Nada más.

        *(*POLICÍA *toca la cartera y le da la mochila a* EDDIE *para que la abra.)*

POLICÍA

Sí. Saca la cartera.

(EDDIE *saca la cartera y le da su licencia al* policía.)

POLICÍA

(Leyendo.) Edward D. Meyer. OK, Edward D. Meyer, ¿cuál es el número de teléfono de tu padre? Vamos a llamar a tu padre.

EDDIE

Su número es 555-2522.

POLICÍA

(Marcando el número.) ¿Qué va a decir tu padre? ¿Va a contestar?

EDDIE

Sí, señor. Mi padre me espera en casa porque necesita este carro. Va a jugar al básquetbol en su liga para adultos esta noche.

POLICÍA

(Hablando por teléfono.) ¿Señor Meyer? Soy el agente White. Estoy aquí con su hijo en el parqueo de la escuela. Dice que la llave no funciona. ¿Tiene usted un carro blanco de...?

(EDDIE se pone muy nervioso mientras POLICÍA sigue la conversación, aunque la audiencia no la oye.)

POLICÍA

(Terminando la llamada.) Tu padre viene ahora.

(EDDIE no dice nada. Solo puede pensar en todas las víctimas negras que ya murieron a manos de la policía en los EE. UU. Los nombres y las imágenes de ellos aparecen en la pantalla de arriba.)

(POLICÍA tiene actitud arrogante, pero sin expresión. Ven las luces de otro carro. PAPÁ llega a donde están.)

PAPÁ

Buenas noches, soy Barry Meyer. Soy el padre de Eddie. Eddie, ¿estás bien?

POLICÍA

(Incrédulo.) ¿Usted es el padre de Edward?

PAPÁ

Sí. Yo soy el padre de Edward. ¿Hay algún problema?

POLICÍA

¿Y este es su carro?

PAPÁ

Sí, la registración tiene mi nombre.

EDDIE

Papá, no pude abrir la puerta porque la llave está mojada y no funciona.

PAPÁ

No te preocupes, Eddie. Tengo la otra llave. *(Abriendo el carro.)* Y, agente *(Mira a su credencial[19].)* White, de veras, ¿cuál es el problema? ¿Por qué detiene a mi hijo?

POLICÍA

(Cambiando de actitud al ver que se abrió la puerta con la otra llave.) No hay ningún problema. El carro ya está abierto y...

PAPÁ

Sí. Pero ¿por qué no lo dejó a Eddie llamarme? ¿Por qué tuve que recibir una llamada de la policía? Es por su raza...

POLICÍA

Señor Meyer. No hay ningún problema. Todo salió bien. Ahora ustedes pueden regresar a casa y usted puede ir a jugar al básquetbol.

---

[19] credencial: name tag.

PAPÁ

(*Medio enojado.*) ¿Ha oído usted del beneficio de la duda? Es bueno usarlo con los jóvenes. Crea más confianza en ellos.

POLICÍA

Hay que tener mucho cuidado siempre.

PAPÁ

¿Con mi hijo? Tiene 17 años.

POLICÍA

No pasó nada. Tengan ustedes una buena noche.

(POLICÍA *habla por la radio y sale del escenario.*)

PAPÁ

(*Murmurando.*) Qué idiota. (*Hablando en voz alta.*) Eddie, hijo, ¿seguro que estás bien?

(*Eddie se queda estupefacto. El escenario se desvanece en negro. Se cierra el telón. Todavía se ven en la pantalla las imágenes de las personas matadas por la policía.*)

ESCENA 8

EDDIE entra en el escenario en la oscuridad y, cuando se prenden las luces, camina por mucho tiempo por el escenario angustiado por todas las imágenes que exponen en la pantalla. Se oye música angustiada.

(El escenario se desvanece en negro.)

ACTO III

ESCENA 1

La cocina de una casa mediana en un estado del noreste de los Estados Unidos; por la tarde. La familia conversa mientras limpia la mesa después de la cena. Están EDDIE, JAMES, MAMÁ y PAPÁ.

JAMES

Papá, eres el rey de la parrilla. Otra vez ganas el premio. Gracias por alimentarme. *(Tocándose la barriga.)*

EDDIE

James, papá preparó unas hamburguesas como siempre. Hablas como si...

JAMES

Eddie, hay que dar gracias por la comida siempre. Además, yo no cocino. ¡Ja, ja!

MAMÁ

James, vamos. Te ayudo con la tarea.

(MAMÁ y JAMES salen de la escena.)

PAPÁ

Eddie, ¿todavía piensas asistir a la manifestación mañana por «Las vidas negras importan»?

EDDIE

(A la defensiva.) Sí. Es importante manifestarse. Claro, es importante manifestarse no solo para expresar el rechazo[20] al tratamiento brutal de la policía contra la gente negra, sino también para expresar la solidaridad entre todas las personas.

PAPÁ

Estoy de acuerdo.

EDDIE

(No tan a la defensiva.) Estás de acuerdo ¿conmigo o con el movimiento? No has mencionado nada antes.

PAPÁ

Estoy de acuerdo contigo, Eddie, y con el movimiento. Es un movimiento importante. Y es parte de tu identidad y tu herencia.

EDDIE

Pero no has dicho mucho hasta ahora y...

PAPÁ

Eddie, sabes que amo a tu madre más que a nadie. Y los amo a James y a ti también. Como no los veo diferentes, pensaba que todo el mundo

---

[20] rechazo: rejection.

también los vería como yo. Claro que me doy cuenta de que tú y tu hermano son birraciales, pero los veo como mis hijos y mi familia, como parte de mí. Quizás ese es el problema.

EDDIE

Papá, no digas eso. No hay ningún problema contigo. James y yo sabemos que nos amas. Pero es verdad que todo el mundo no nos ama como tú. Y esa realidad, ser personas odiadas solo por el color de la piel, es difícil para nosotros dos.

(PAPÁ *limpia los platos, pero se gira para mirar a su hijo.*)

PAPÁ

Ay, Eddie. Disculpa que no he estado prestando la atención necesaria para ayudarlos mejor; para respaldarlos como necesitan —no solo como padre, sino como SU padre—. ¿Me puedes perdonar?

EDDIE

Claro, papá.

PAPÁ

Y me gustaría acompañarte mañana. Es demasiado importante. ¿Me permites acompañarte?

EDDIE

(Mirando a PAPÁ, *sorprendido pero feliz.)* Sí, papá. Voy a salir a las nueve y me quedaré todo el día.

PAPÁ

Está bien. Estaré listo. Me gustaría vivir esta experiencia contigo, hijo.

EDDIE

Pero papá, *(Riendo.)* no vas a hacer ninguna mier—

MAMÁ

(Desde el otro cuarto.) ¡Lenguaje, EDDIE!

EDDIE

Esa mujer tiene un oído de elefante. *(Riendo.)*

PAPÁ

No tienes idea. Discutimos mucho tu madre y yo porque suelo hablar entre dientes[21] y ella siempre me oye y comenta.

---

[21] entre dientes: under my breath.

EDDIE

Entiendo, papá. Somos iguales. Qué caso, ¿no?...
Pero, papá, gracias por darte cuenta de la
dimensión de esta situación.

PAPÁ

Disculpa mi estupidez. Tu madre y yo hablábamos
de nuestras raíces y de nuestra herencia, pero
últimamente no hemos hablado tanto por...

EDDIE

La vida, ¿no? La vida es muy complicada. Además,
ustedes no sabían cómo sería tener hijos
birraciales en un pueblo como este.

PAPÁ

No, no sabíamos. ¿Y cómo es que eres tan
consciente, tan inteligente? Tienes que ser hijo
de tu madre.

EDDIE

Soy hijo de los dos, hombre, con mucho orgullo.

PAPÁ

Estoy orgulloso de ti también. Tengo ganas de
asistir a la protesta mañana. Hay mucho trabajo
que hacer.

EDDIE

Papá, ¿piensas que se pueden cambiar los pensamientos de las personas?

PAPÁ

No sé. Pero vamos a ir para aprender cómo podemos ayudar a cambiar una realidad difícil. ¿Tienes algunas ideas?

EDDIE

En este momento, no. Pero quiero formar parte de un cambio, un cambio que este pueblo y este país necesitan.

PAPÁ

Te ayudaré como pueda, Eddie.

EDDIE

Gracias, papá. Ahora voy para preparar mi letrero para mañana.

PAPÁ

¿Qué va a decir?

EDDIE

«Mi vida importa». Te lo muestro después.

(Eddie sale del escenario, dejando a PAPÁ en la cocina, solo.)

PAPÁ

(A sí mismo.) Sí, importa. Importa mucho.

(Se cierra el telón.)

ESCENA 2

En la protesta por «Las vidas negras importan» contra la brutalidad policial hacia las personas negras; la universidad local. El día siguiente.

(El telón está cerrado y hay muchas personas de todas las razas con letreros protestando, incluida toda la familia: MAMÁ, PAPÁ, EDDIE y JAMES. *También está* JOVAUGHN. *La gente está gritando.)*

JAMES

Mira a la gente. Hay muchas personas aquí.

EDDIE

Claro, hermano. Es una situación seria y muy importante. Tenemos que protestar.

JAMES

Hay muchas más personas negras aquí de las que he visto en nuestro pueblo.

EDDIE

Excelente, ¿no? Nuestro pueblo no tiene nada de diversidad. Por eso no pueden pensar...

MAMÁ

Miren. Está Jovaughn.

JAMES

(Gritando.) Jo, ¡hola!

(JOVAUGHN se acerca a la familia para saludarla y abraza fuertemente a JAMES para que no respire.)

JOVAUGHN

¡Hola, familia! Y hola a ti, James. *(Pegándole suavemente.)*

JAMES

¡Ay, Jo! Basta. No puedo...

MAMÁ

Jovaughn, cuidado con mi nene. *(Riendo.)*

JAMES

Sí, Jo. Cuidado. Soy el niño bonito[22]de mi mamá. ¡Ja, ja!

JOVAUGHN

¿Cómo están? Miren a la gente que está aquí.

---

[22] el niño bonito: golden boy.

PAPÁ

Es inspirador ver a tantas personas de todas las razas y etnias aquí protestando por los eventos y el maltrato contra las personas negras.

EDDIE

(Con ironía.) ¿Piensan que vamos a ver a las personas de la administración de la escuela aquí? ¡Ja!

JOVAUGHN

¿Esas personas? Probablemente no saben que hay una protesta.

EDDIE

Es la verdad; no vamos a ver a nadie de la escuela aquí.

JAMES

¡Sí! Allá..., miren. Está mi amigo, Abubakar. Voy a ir a saludarlo.

(JAMES *cruza el escenario para hablar con su amigo.)*

MAMÁ

Ya van a empezar los discursos. Vamos a escuchar.

(Todos se mueven un poco en el escenario para ver un discurso presentado en la pantalla —una grabación de un discurso—. PAPÁ toma la mano de MAMÁ. EDDIE y JOVAUGHN prestan atención a los discursos y muestran interés.)

(Los discursos siguen, pero el volumen disminuye para que se oiga la conversación entre PAPÁ y EDDIE.)

PAPÁ

Eddie, ¿qué piensas de la protesta?

EDDIE

Para mí, es necesario estar aquí. Pienso en el dicho «a quien mucho se da, mucho se espera de él». Se me ha dado mucho y ahora debo hacer algo para lograr un cambio.

PAPÁ

Me gusta cómo piensas. ¿Qué piensas hacer?

EDDIE

Anoche investigué en el internet cómo empezar un grupo de «Las vidas negras importan» en la escuela. Aunque no hay mucho tiempo antes de graduarme, quiero intentar formar uno.

PAPÁ

Qué buena idea, Eddie. ¿Cómo te puedo ayudar?

EDDIE

(*Sonriendo.*) Gracias, papá. No sé todavía, pero cuando necesite tu ayuda, te aviso, ¿OK?

PAPÁ

Será un placer; cualquier cosa que necesites.

EDDIE

Gracias, papá. De veras, gracias.

(*El volumen del discurso aumenta mientras EDDIE y PAPÁ se giran para prestar atención otra vez. Siguiendo las instrucciones de la persona que da el discurso, todas las personas empiezan a gritar «Las vidas negras importan», «Las vidas negras importan» hasta que la escena se desvanece en negro.*)

ESCENA 3

El aula del señor LeBLANC; el mes de mayo, después de la clase. Varias semanas antes de la graduación.

(EDDIE *está solo en el aula y parece angustiado, deprimido, sin motivación. El señor LeBLANC entra en el aula.*)

Sr. LeBLANC

Ah, Eddie. Um, ¿tenemos una reunión?

EDDIE

¿Eh? ¿Cómo?

Sr. LeBLANC

Dije: ¿tenemos una reunión?

EDDIE

Oh, er, no. Estoy aquí porque...

Sr. LeBLANC

Quizás, debamos tener una reunión...

EDDIE

No es necesario. Estoy aquí porque necesité un lugar para pensar.

Sr. LeBLANC

¿Pensar sobre qué? ¿Pensar sobre el hecho de que no estás pasando mi clase?

EDDIE

No, señor LeBlanc, sobre el hecho de que la administración y otros adultos en esta escuela son racistas.

Sr. LeBLANC

(Estupefacto y un poco a la defensiva.) ¿De qué hablas?

EDDIE

Rechazaron mi idea de formar un grupo de «Las vidas negras importan».

Sr. LeBLANC

Claro, la rechazaron porque no se relaciona con la gran mayoría de estudiantes de la escuela. Un grupo así no es necesario aquí.

EDDIE

Con todo respeto, señor LeBlanc, usted no tiene razón; ni sabe de lo que habla, pero no vale la pena discutirlo con usted. Gracias por permitirme usar de su aula.

(Eddie se levanta y agarra la mochila para salir de la clase.)

Sr. LeBLANC

Eddie, ¿sabes que no estás pasando mi clase?

EDDIE

Lo sé. Veo mis notas.

Sr. LeBLANC

O la falta de notas.

EDDIE

Claro. Le debo mucha tarea. Lo sé.

Sr. LeBLANC

Sabes que la universidad que te aceptó puede rescindir tu aceptación, ¿no?

EDDIE

Otra vez con respeto, claro que lo sé. Es parte del mantra de todos los maestros de los estudiantes de último año. Ustedes no nos dicen eso cada dos días, sino cada día.

Sr. LeBLANC

Pues, ¿cuándo vas a entregar la tarea? ¿Has leído los libros?

EDDIE

Los leí.

Sr. LeBLANC

Haz la tarea entonces.

(EDDIE empieza a enojarse.)

EDDIE

La haré. Sabe usted que este semestre —pues, este año— ha sido más difícil...

Sr. LeBLANC

(Ignorando el significado del comentario de EDDIE y el estado emocional de su alumno.) Ya estás casi en la meta. La próxima semana tienes los exámenes para los cursos avanzados y tres semanas después es la graduación. Oh, hablando de la graduación...

(EDDIE le echa una mirada enojada al señor LeBLANC, *aunque este no presta atención.)*

Sr. LeBLANC

Sabes que, como presidente de la escuela, tienes que dar un discurso en la graduación, pero no sé si te he dicho que tienes que entregármelo antes para aprobarlo.

EDDIE

(Un poco enojado.) No. Usted no me ha dicho nada. *(Susurrando.)* Como siempre.

Sr. LeBLANC

(Distraído.) ¿Qué dijiste? No te oí.

EDDIE

Nada. Pero ¿por qué tengo que entregárselo antes?

Sr. LeBLANC

La administración quiere que... pues, déjame encontrar el correo electrónico... ¿No recibiste uno?

EDDIE

No. *(Enojado.)* Es la primera vez que escucho esto. Habría estado bien saber esta información antes.

Sr. LeBLANC

(Distraído.) Aquí está... «Todos los estudiantes tienen que entregar sus discursos por lo menos una semana antes de la graduación para ser aprobados por la administración. Es necesario que el mensaje de cada estudiante siga el mensaje de las escuelas y la educación del pueblo para que no ofenda a nadie».

EDDIE

Entonces, ¿por qué tengo que escribir un discurso? La administración debe escribirlo y puedo leerlo.

Sr. LeBLANC

Sus palabras no serán las tuyas y viceversa.

EDDIE

Si me van a censurar...

Sr. LeBLANC

No es censura, Eddie. Ha habido problemas en el pasado.

EDDIE

¿Con los discursos de graduación en este pueblo? ¿Cómo? Cada persona camina, habla y respira igual...

Sr. LeBLANC

No pasó en este pueblo. En otros pueblos en el estado.

EDDIE

Y, a causa de problemas en otros pueblos, ¿tenemos que entregar los discursos a la administración para que los apruebe? ¿Qué pasó con la Primera Enmienda[23]?

Sr. LeBLANC

(Ignorando las preguntas de EDDIE.*)* Así es. Necesito la copia en dos semanas.

EDDIE

Otra vez, me pregunto por la Primera Enmienda... Esto parece algo de un estado policial.

Sr. LeBLANC

No exageres. Haz lo necesario para graduarte sin problema. Y haz la tarea también, o no vas a graduarte.

(El señor LeBLANC *toma todos sus materiales y sale del escenario, dejando a EDDIE solo, confundido y enojado. Se cierra el telón.)*

---

[23] Primera Enmienda: First Amendment (of the Constitution of the United States of America that guarantees free speech).

ESCENA 4

En el corredor de la escuela una semana antes de la graduación.

(EDDIE *limpia su armario, sacando todos los materiales que ya no va a necesitar. Hay un cesto de basura a su lado y está tirando todo allí.* JOVAUGHN *se acerca y los dos empiezan a hablar.*)

JOVAUGHN

Eddie, hombre. (*Le da el apretón de manos usual.*) ¿Qué tal?

EDDIE

Jo, mano. Todo bien. ¿Cómo estás tú?

JOVAUGHN

Bien. Quiero que este año termine ya. ¿Cómo te sientes al limpiar el armario por última vez?

EDDIE

No me gusta limpiar para nada, pero sacar todo del armario y botarlo... sienta muy bien. Quiero salir ya de este infierno racista.

JOVAUGHN

Y yo. No quiero ver esta escuela más. Y si no vuelvo a este pueblo otra vez en mi vida...

EDDIE

En este sentido tienes suerte. No TIENES que volver a este pueblo porque tu familia vive en otra ciudad. Has sido visitante.

JOVAUGHN

No hay ningún debate con eso. Eso es cierto, solo he tenido que venir los días...

EDDIE

Vivir aquí 24/7 es demasiado. A veces parece que juego un rol en un programa de telerrealidad como «Ser negro en un pueblo de puros blancos». Lástima que ese programa no exista... ¿Lamentas haber asistido a esta escuela, Jo?

JOVAUGHN

No sé exactamente, Eddie. Sabes cómo son de grandes las escuelas en la ciudad, entonces sí, estoy feliz de estudiar en una escuela más pequeña. Mi trabajo se destaca más aquí con menos estudiantes, pero pienso que perdí un poco de mi identidad por no estar con mi gente.

EDDIE

Obvio.

JOVAUGHN

Lo entenderás en unos meses cuando vayas a la ciudad para la universidad, creo. Es diferente estar entre otras personas que te conocen o te entienden antes de conocerte de verdad. ¿No te sientes diferente cuando nos visitas en nuestra casa?

EDDIE

¿Por estar con gente que me quiere? o ¿por estar con una familia negra? No sé. De veras, no sé.

JOVAUGHN

Cuando vengas a la casa este fin de semana, piénsalo un poco. Espero que tengas la misma experiencia en la universidad, donde habrá más personas de razas diferentes.

EDDIE

Yo también lo espero, pero primero tengo que sufrir una semana más. Jugar el juego, por decirlo así.

JOVAUGHN

¿De qué hablas?

EDDIE

Te hablé sobre el discurso para la graduación, ¿no? ¿Te hablé de que tengo que entregarlo mañana para que lo apruebe la administración?

JOVAUGHN

¿Para qué?

EDDIE

Supongo que no dice nada que ofenda a nadie.

JOVAUGHN

Primero, ¿cómo vas a ofender a los demás? ¿Por ser honesto?

EDDIE

Es la primera vez que una persona negra va a dar un discurso en la graduación.

JOVAUGHN

Y si hablas honestamente, ¿no van a querer oír tus palabras? O ¿no van a...?

EDDIE

No van a querer enfrentarse con la realidad del pueblo. A ellos no les gustan los cambios.

JOVAUGHN

¿Cambios de qué?

EDDIE

Cambios de un pueblo más diverso, me imagino.

JOVAUGHN

Es pura mier—

EDDIE

Lo sé, Jo. Lo sé. Por eso, tengo una idea. Una idea para poder expresarme como quiero.

JOVAUGHN

Pero nunca te van a permitir hablar de lo que quieres; les encanta el control. ¿Qué piensas hacer?

(EDDIE *mira su amigo y le susurra la idea que tiene. Parece que* EDDIE *tiene una idea muy astuta y* JOVAUGHN *reacciona indicando que está de acuerdo y que apoya la idea de su mejor amigo.)*

JOVAUGHN

Eddie, por eso te aceptaron en esa universidad tan excelente. Eres un genio. Estoy ansioso por ver qué pasa.

(Se cierra el telón para terminar la escena.)

ESCENA 5

La cocina de una casa mediana en un estado del noreste de los Estados Unidos; por la noche.

(MAMÁ y PAPÁ están solos, limpiando la cocina después de la cena. El celular de PAPÁ suena y él lo saca del bolsillo para ver quien está llamando.)

MAMÁ

(Sonriendo.) Por lo menos no sonó durante la cena, ¿eh? ¿Quién es?

PAPÁ

No sé. No reconozco el número... *(Contestando la llamada.)* ¿Hola? Sí. Soy yo, Barry Meyer.

(MAMÁ continúa con la limpieza mientras pone atención a la conversación.)

PAPÁ

Ah, sí. Sí, señor. Gracias por devolver la llamada. *(Cubre el teléfono y susurra.)* Es el director.

(MAMÁ le echa una mirada confundida. Y para de hacer lo que hace.)

PAPÁ

No, señor. La verdad es que NO entiendo por qué Eddie no puede crear un grupo de «Las vidas negras importan» en la escuela.

(PAPÁ escucha.)

PAPÁ

¿Qué importa si solo hay unas semanas más antes de graduarse? Eddie pensaba que era buena idea tener un grupo así en la escuela para todas las personas, no solo para las personas negras. Y estoy de acuerdo con mi hijo.

(PAPÁ escucha.)

PAPÁ

Permítame terminar, señor. Tener un grupo de «Las vidas negras importan» en la escuela no servirá para excluir a nadie. Tampoco servirá como segregación. Cualquier persona puede ser parte del grupo. Además, sería bueno para todos los estudiantes que la mayoría pueda escuchar y entender las experiencias de los estudiantes que son parte de una minoría.

(PAPÁ escucha.)

PAPÁ

¿Cómo? *(Enojándose.)* ¿Usted tiene que llevar esta idea a la próxima reunión del comité educativo? No lo creo. Y ¿el club de ajedrez o el grupo de baile tiene que ser aprobado por el mismo comité?

(PAPÁ escucha. MAMÁ escucha también.)

PAPÁ

Con respeto, señor. Su decisión parece basarse en el hecho de que el grupo que quiere crear Eddie es sobre algo que tiene que ver con la raza. Y usted toma la decisión menos polí...

(PAPÁ escucha y se pone furioso, pero mantiene el autocontrol antes de hablar otra vez.)

PAPÁ

Pues, usted tiene que saber que, como el padre de Eddie y James, y como un padre preocupado por la juventud, de ninguna manera estoy de acuerdo con su decisión. Que esta decisión no es de sentido común. Gracias por su tiempo.

(PAPÁ presiona el botón para terminar la llamada. Suspira con enojo.)

MAMÁ

Siéntate, Barry. Cuéntame todo.

PAPÁ

Hijo de...

MAMÁ

Hijo de... ¿qué?

(PAPÁ mira con curiosidad a MAMÁ por la palabrota que dijo.)

PAPÁ

Hace unas semanas, Eddie fue a hablar con la administración sobre ese nuevo grupo que quería formar en la escuela.

MAMÁ

Sí, me acuerdo. Decidió hacerlo después de las protestas. Pero nunca supe qué pasó.

PAPÁ

Pues, ahora sabes que rechazaron la idea por (haciendo el gesto de las comillas) «no tener bastante tiempo antes del fin del año escolar».

MAMÁ

Eddie nunca me lo dijo.

PAPÁ

No. No te lo dijo para que no fueras a hablar con el director.

MAMÁ

Pero Eddie ¿te permitió llamarlo?

PAPÁ

No exactamente. No podía callarme más. Admito que no entendía bien antes, y nunca podré entender exactamente, cómo es ser una persona negra, pero...

MAMÁ

¿Pensabas que el director te iba a escuchar? ¿Por ser hombre? ¿Por ser blanco?

PAPÁ

¿Sabes qué? No. No fue por eso. No sabía si el director iba a cambiar su decisión sobre el grupo escolar de «Las vidas negras importan», pero esa persona tenía que saber que las vidas negras que me importan más a mí son mis hijos y que yo los apoyo...

(PAPÁ parece exhausto.)

MAMÁ

Barry... Gracias. Gracias por haber llamado a la escuela. Y gracias por amar tanto a nuestros hijos. Vivir en este pueblo es difícil para todos nosotros, también para ti, me imagino.

PAPÁ

Hay muchas personas que son...

MAMÁ

¿Imbéciles?

PAPÁ

¡Gloria! *(Riéndose.)* ¡Lenguaje! ¡Ja, ja! Pero sí. Son imbéciles.

MAMÁ

Barry, la verdad es que no podemos solucionar todos los problemas a Eddie y James por el resto de sus vidas. Pero lo que sí podemos hacer es apoyarlos y escucharlos. Todavía estamos en un mundo donde el racismo existe, pero podemos seguir educando a los demás, simplemente siendo quienes somos, ¿verdad?

PAPÁ

(Tomándole la mano a MAMÁ.) Sí, amor. Tenemos que pensar en algo que podamos hacer para ayudar a James y abrir los ojos de este pueblo.

MAMÁ

Quizás Eddie hable sobre este tema en su discurso. ¿Te ha permitido leerlo?

PAPÁ

No. ¿Te lo ha permitido a ti?

MAMÁ

Tampoco. Pero me dijo que el discurso tiene que ser aprobado por la administración.

PAPÁ

Me dijo lo mismo.

MAMÁ

¿Crees que deberíamos pedirle echar un vistazo al discurso? No quiero que Eddie diga nada ofensivo —o que puede ser entendido mal— y que no reciba el diploma.

PAPÁ

No te preocupes. Tengo fe en nuestro hijo. Es buen escritor y muy inteligente. No va a correr ningún riesgo ese día.

MAMÁ

Espero que tengas razón. ¿Qué dices? ¿Terminamos con los platos?

PAPÁ

Con todo gusto. Y Gloria…, ¿vas a continuar diciendo palabrotas? Me haces reír.

MAMÁ

Ja, ja, ja. No. Y no les digas nada a Eddie y a James.

PAPÁ

(Coqueteando y riéndose.) ¿Ah, no? ¿Por qué no? ¿Qué me vas a hacer?

MAMÁ

Te voy a pegar con esta toalla.

(MAMÁ y PAPÁ continúan la «pelea» mientras el telón se cierra.)

ESCENA 6

En el pequeño estadio de la escuela; día de la graduación.

(Detrás del podio está la pantalla para proyectar la ceremonia hasta la última fila del estadio.)

(En un lado del escenario están los miembros de la administración. En el otro lado están EDDIE y el señor LeBLANC. Detrás del podio están JAMES y ABUBAKAR para ayudar con la proyección de la ceremonia en internet.)

(En la audiencia están sentados todos los graduados con sus padres, familiares, etc. Todos están esperando a que empiece la ceremonia. EDDIE espera su turno para ir al podio y dar su discurso. EDDIE y el señor LeBLANC hablan antes de que comience la ceremonia.)

Sr. LeBLANC

Eddie, felicidades por tu graduación. Fue muy bueno que completaras la tarea de mi clase.

EDDIE

Aunque no tenía que darme una nota tan baja por haberla completado. Usted sabe que el trabajo merece mejores notas. Pero, de todos modos, gracias.

Sr. LeBLANC

Es verdad que tu trabajo escrito es el mejor que he leído en mi carrera como maestro, felicidades otra vez. Pero hay reglas, y no entregaste el trabajo a tiempo.

EDDIE

Si hay reglas, tienen que ser para todos; también para Julianna. Ella me contó que entregó su trabajo tarde también. Sin embargo, ella no tuvo una nota tan baja.

Sr. LeBLANC

Fueron circunstancias diferentes. *(Cambiando el tema de la conversación.)* Pues, este discurso es un trabajo escrito excelente —lo mejor que has entregado—. Estoy muy contento con el discurso que me mandaste. Mencionas todo lo bueno de este pueblo. Al público le va a gustar mucho.

EDDIE

¿Oh, sí? ¿No piensa usted que es un poco aburrido? Para mí es un poco «pálido». Falta color en el discurso. Quizás el color venga de mi piel...

Sr. LeBLANC

(Distraído.) Es exactamente el mensaje que el pueblo necesita oír: recordar de dónde viene y lograr las metas sin pensar en las dificultades.

(Pausa.) Dejé una copia del discurso para ti en el podio.

EDDIE

Gracias. Fue difícil escribir sabiendo que tenía que ser aprobado.

Sr. LeBLANC

Ya empieza.

(El DIRECTOR está en el podio para empezar.)

DIRECTOR

Buenas tardes a todos: a los miembros de la administración, al comité educativo, a los padres, familiares y a la clase de este año que se gradúa dentro de poco. Gracias por estar con nosotros en este día tan magnífico, para celebrar los logros y los éxitos de estos estudiantes. Antes de comenzar el programa, favor de pararse para el himno nacional.

(Durante el himno nacional EDDIE y JOVAUGHN, quien está entre la audiencia, se miran y se dan una señal sobre el discurso que EDDIE va a dar. Por primera vez EDDIE tiene mucha confianza. También EDDIE le echa una mirada a JAMES indicando que todo esté listo.)

DIRECTOR

Gracias a los cantantes sumamente talentosos por cantarnos el himno nacional. El primer discurso esta tarde es de Edward D. Meyer, un miembro de esta clase y el presidente de la escuela este año. Favor de darle la bienvenida al señor Meyer.

(EDDIE, con todo el orgullo, se enfrenta al público y baja el zíper de su bata para mostrar la camiseta que lleva debajo, que dice «NO PUEDO RESPIRAR». Lleno de confianza, camina al podio y empieza a hablar.)

EDDIE

(Sacando el discurso del podio. EDDIE habla a la audiencia directamente.) Muy buenas tardes y gracias por venir para celebrar con nosotros la graduación de la clase del año 2021, la clase número 105 en graduarse en esta escuela. Quiero darles las gracias a las personas de la administración, los miembros del comité educativo, los maestros, las familias, los amigos y los estudiantes de la clase de 2021.

(EDDIE para y mira al público.)

EDDIE

¿Saben qué? Pasé muchísimas horas escribiendo este discurso *(Lo muestra al público.)* para que sea aprobado. Incluí sentimientos sobre el final de un capítulo de la vida y el comienzo de otros.

Escribí sobre la escuela y cómo enfrentamos muchos desafíos como la crisis en la frontera de los EE. UU. y México y los incendios forestales horrorosos en el oeste de este país. Pero la verdad es que esos eventos no nos pasaron a nosotros, sino que ocurrieron durante el tiempo que estuvimos en la escuela.

(*El señor* LeBLANC *parece muy incómodo porque* EDDIE *no lee el discurso preparado. Mira a las personas de la administración, nervioso. La administración tampoco reacciona bien.*)

EDDIE

Y experimentamos esos eventos, aunque no los discutimos en profundidad para efectuar cambios en el mundo, en el pueblo, ni dentro de nosotros mismos. En los últimos meses se ha expuesto la profunda herida que ha sangrado por siglos: el racismo. Para seguir adelante, como individuos, como un pueblo y como humanos, tendremos que tomar decisiones con compasión y honestidad…, pero con compasión primero.

(*Los adultos blancos en el escenario se mueven en las sillas, completamente incómodos.*)

EDDIE

No podemos ignorar la división de la raza y la cultura. Tenemos que darnos cuenta de la realidad y de la veracidad de esa realidad y empezar nuevos debates. Serán difíciles, pero hemos logrado metas difíciles antes. Y no, no estoy hablando de los exámenes que hemos pasado ni de los campeonatos que hemos ganado. No. Hablo de los triunfos personales y, a veces, privados. Todos nosotros hemos experimentado el *bullying* cuando otros nos han llamado con nombres racistas u homofóbicos. Algunos sufrimos depresión, enfermedad, experimentamos la violencia doméstica, alguna adicción o la ausencia de un padre o una madre —por cualquier razón—. Pero vencimos. Vencimos cuando no éramos parte de un grupo en particular o simplemente cuando aplazamos un examen importante. Pero después de todo, lo logramos y llegamos a este día.

(*Los adultos escuchan; también los estudiantes. Las imágenes de personas negras matadas por la policía aparecen en la pantalla.*)

EDDIE

Tenemos que extender la compasión a todos los humanos y especialmente a las personas de razas diferentes. Miren a estas personas. (*Indica a los rostros mostrados por la pantalla.*)

(*Los adultos de la administración se miran, se paran y se mueven para hablar con EDDIE.*)

DIRECTOR

(*Hablando con* EDDIE, *pero que se oye por el micrófono.*) No es el discurso que hemos aprobado.

EDDIE

No, señor, no lo es. Pero es lo que siento en mi corazón y es el discurso que quiero dar.

DIRECTOR

(*Cubriendo el micrófono, sin efecto.*) Este discurso es sumamente político y no podemos permitirte seguir. (*El director va para desenchufar los altavoces.*)

(*Los estudiantes empiezan a gritar porque quieren oír lo que dice* EDDIE. *JOVAUGHN empieza el grito* «¡Dé-jen-lo ha-blar! ¡Dé-jen-lo ha-blar!».)

(*El* DIRECTOR *desenchufa el micrófono. Pero los estudiantes saben que el discurso está todavía disponible por YouTube y todos sacan sus teléfonos para continuar escuchando.*)

EDDIE

Miren a estas personas. Y les aseguro que mis palabras no son políticas sino humanas.

(Ahora EDDIE aparece en la pantalla y continúa hablando. La gente escucha por sus teléfonos pero mira la pantalla.)

EDDIE

Estas personas —y solo son una representación— son personas primero, y todos nosotros debemos tener compasión hacia los demás para crear una comunidad, una verdadera comunidad. Hay que recibir la diversidad con los brazos abiertos porque la diversidad de pensamientos alimentará nuestros cerebros y la diversidad de personas alimentará nuestras almas.

Vamos a recordar a las personas diversas de esta clase:

Julianna Russo es católica.
Krystian Zielinski es de herencia polaca.
Jovaughn Grimes es negro y descendiente de esclavos africanos.
Shante Hines es negra de origen caribeño.
Y también tenemos a Will Richardson, que supo por 23andMe que su tatarabuelo[24] fue parte de la tribu Nipmuck.
Tenemos también a Peter Franck, que también descubrió que su familia se trasladó a esta tierra cuando sus antepasados escaparon de Alemania por ser judíos.

(WILL y PETER se miran en estado de shock.)

---

[24] tatarabuelo: great grandfather.

EDDIE

Y con esta diversidad de personas viene la diversidad de pensamientos. Tenemos que aprender a conversar para aprender de otras personas y no solo para convencerlos de nuestras opiniones. No debemos permitir que el miedo sea la causa de nuestra división. Tenemos que reconocer y recordar el dolor, la angustia y la injusticia que formaron este país y debemos educarnos más.

Como dijo Maya Angelou, la poeta y activista afroamericana, «Cuando entendemos mejor, actuamos mejor». Felicidades a todos los que se gradúan hoy. Qué continuemos actuando mejor. Gracias.

(El público da una ovación. La escena termina. Se cierra el telón.)

FIN

GLOSARIO

A

a - to, at
abierto(s) - open
abra - s/he, it opens
abraza - s/he hugs
abrazo - hug
abrazote - bear hug
abrazándole - hugging him
abre - s/he, it opens
abriendo - opening
abrigo - coat
abrir/la/lo – to open it
abrió - s/he, it opened
aburrido - bored
acceder – to access
aceptación - acceptance
aceptarnos - to accept us
aceptaron - they accepted
aceptó - s/he accepted
(se) acerca - s/he approaches
(se) acercan - they approach
acercándose - approaching
acompañarte - to accompany you
actitud - attitude
actividades - activities
activista - activist

actuales - actual
actuamos - we act
actuando - acting
(estar de) acuerdo - to be in agreement
(me) acuerdo - I remember
adelante - forward
además - besides
adentro - inside
adicción - addiction
adicional(es) - additional
administración - administration
admito - I admit
adolescente - adolescent
adulto(s) – adult(s)
adónde - where
africanos - Africans
afroamericana - African American
afuera - outside
agarra – s/he grabs
agarrando - grabbing
agarrándole - grabbing him
agente - agent
agua - water
ahogarme - to choke me
ahora - now
ahí - there
aire - air
ajedrez - chess
al - to the

Alemania - Germany
algo - something
alguna/o(s) - some
algún - some
alimentarme - to feed me
alimentará - (it) will feed
allá - there
allí - there
almas - souls
alta(s) - loud
altavoces - loudspeaker
alumnado - student body
alumno(s) - student(s)
alístate - get ready
amable - kind
americano - American
amigo(s) - friend(s)
amo - I love
amor(es) - love(s)
anda - go
angustia - anguish
angustiado - anguished
año(s) - year(s)
anoche - last night
ansiedad - anxiety
ansioso - anxious
antepasados - ancestors
antes - before
aparece - he appears
aparecen - they appear
aparte - apart
aplazamos - we fail

apoya - s/he, it supports
apoyarlos - to support them
me apoyo - I support
aprendas - you learn
aprender - to learn
aprendimos - we learned
apretón (de manos) - handshake
aprobado(s) - approved
aprobarlo - to approve it
aprovecha - he takes advantage of
apruebe - s/he, it approves
apurada - hurried
aquí - here
armario(s) - locker(s)
arreglamos - we fix, arrange
arreglando - arranging
arreglaron - they arranged, fixed
arriba - above
arrogante - arrogant
aseguro - I assure
asistido - attended
asistir - to attend
astuto - astute
asunto - issue
asustado(s) - scared
asustan - they fear

así - so
atención - attention
atender - to tend to
atleta(s) - athlete(s)
atlética/o(s) - athletic
audiencia - audience
auditorio - auditorium
aula - classroom
aumenta - it increases
aumentar - to increase
aun - even
aún - still
aunque - however
ausencia - absence
autocontrol - self control
autor - author
avanzado(s) - advanced
avergonzado - embarrassed
avergonzarlo - to embarrass him
ayer - yesterday
ayuda - help
ayuda - s/he, it helps
ayúdame - help me
ayudamos - we help(ed)
ayudan - they help
ayudar/le/los/te - to help him/her/them/you
ayudarán - they will help
ayudaré - I will help
ayudemos - we help
ayudo - I help

B

baile - dance
baja - low
baja - he gets out of
balones - balls
bañar/te - to bathe/yourself
báñate - bathe
baño - bathroom
barriga - belly
(parece) basarse - (seems to be) based
básico - basic
básquetbol - basketball
basta - enough
bastante(s) - enough
basura - garbage
bata - graduation gown
béisbol - baseball
beneficio - benefit
beso - kiss
bien - well
bienvenida - welcome
birracial(es) - biracial
bistec - steak
blanca/o(s) - white
bolsa - bag
bolsillo(s) - pocket(s)
bonita/o - pretty
botarlo - to throw it out
botella - bottle
botón - button
brazo(s) - arm(s)
bromeando - joking

bronca – fight, argument
brutalidad – brutality
buen/a/o(s) – good
busca – s/he, it looks for
buscar – to look for

C

caballeros – gentlemen
cabeza – head
cada – each
cafetería – cafeteria
café – coffee
calculadora – calculator
calcular – to calculate
calendario – calendar
calentó – s/he, it heated
calidad – quality
callarme – to shut me up, keep me quiet
cállate – shut up
calle – street
cálmate – calm down
calor – heat
cambia – s/he, it changes
cambian – they change
cambiando – changing
cambiar – to change
cambiará – s/he, it will change
cambio(s) – change(s)
camina – s/he walks
caminan – they walk

caminando – walking
camino – way
camiseta – T-shirt
campañas – campaigns
campeonatos – championships
cancha – field
candidata/o(s) – candidate(s)
cansado – tired
cansancio – exhaustion
cantantes – singers
cantarnos – to sing to us
capitana/es – captain(s)
caribeño – Caribbean
carrera – career
carro – car
cartera – wallet
casa – house
casi – almost
caso – case
casualidad – coincidence
catorce – fourteen
católica – Catholic
causa – cause
causar – to cause
celebrar – to celebrate
cena – dinner
cenando – dining
censura – censure
censurar – to censure
centro – center
cerca – close
cerebros – brains

ceremonia - ceremony
cerrado - closed
cesto - basket
chachos - shortened form of «guys»
chao - 'bye
chaqueta - jacket
charlando - chatting
chica(s) - girl(s)
chico - boy
chismear - to gossip
chiste - joke
(se) choca - he collides
chocado - collided
(se) chocó - he collided
ciencias - science
cierra - s/he, it closes
cierto - certain
circunstancias - circumstances
ciudad - city
clara - clear
claro - of course
clase(s) - class(es)
clubes - clubs
clásico - classic
cocapitán - co-captain
cocina - kitchen
cocino - I cook
columna(s) - column(s)
comemos - we eat
comenta - s/he comments
comentado commented
comentar - to comment

comentario(s) - comment(s)
comenzar - to begin
comer - to eat
cómica/o(s) - funny
comida - food
comience - s/he, it begins
comiendo - eating
comienzo - the start
comillas - quotation marks
comité - committee
como - like, as
cómo - how
cómodo - comfortable
compasión - compassion
compañeros - classmates
completado completed
completamente - completely
completar - to complete
completaras - you complete
completo - complete
complicada - complicated
comprendiendo - understanding
computadora(s) - computer(s)
común - common

129

comunidad – community
con – with
conceptos – concepts
concientizado – aware
confianza – confidence
conflictos – conflicts
confundida/o confused
conmigo – with me
conoces – you know
conozcan – they know
consciente – conscious
considerar – to consider
contando – counting
contar – to count, tell
contarnos – to tell us
contenedores – containers
contento – happy
contestando – answering
contestar – to answer
contigo – with you
continentes – continents
continúa – s/he, it continues
continúan – they continue
continuar – to continue
continúe – I, s/he, it continues
continuemos – we continue

contra – against
contó – she told
convencerlos – to convince them
conversa – s/he converses
conversación – conversation
conversar – to converse
copia – copy
corazón – heart
corre – s/he runs
correcta/o – correct
corredor – hallway
corregir – to correct
correo(s) – email(s)
correr – to run
corriendo – running
crea – it creates
crear – to create
credencial – name tag
creen – they believe
creencias – beliefs
creer – to believe
creerlo – to believe it
crees – you believe
creída – conceited
creo – I believe
criticón – crticial
cruza – s/he, it crosses
cuadernos – notebooks
cual – which
cuál(es) – which
cualquier – which
cuando – when
cuándo – when

cuántos - how many, much
cuarto - room
cuatro - four
cubre - s/he, it covers
cubriendo - covering
cuello - neck
cuenta - s/he counts, tells
(darse) cuenta - to realize
(tener en) cuenta - to take into account
cuéntame - tell me
cuentan - they tell
cuentes - you tell
cuento - story
cuerpo - body
cuidado - careful
cuídate - take care
cultura - culture
curiosidad - curiosity
curso(s) - course(s)

D

da - s/he, it gives
(se) da cuenta - s/he realizes
dame - give me
dan - they give
dando - giving
dándole - giving (to) him/her
dándose (cuenta) - realizing
dar - to give

darle/les/me/nos/te - to give (to) him/her/them/me/us/you
de - of, from
debajo - under
debatir - to debate
debe - s/he must
debemos - we must
deben - they must
deberíamos - we should
debes - you must
debo - I must
decidí - I decided
decidió - s/he decided
decidimos - we decided
decidir - to decide
decimos - we say
decir - to say
decirlo - to say it
decirme/te - to tell me/you
decírmelo - to tell it to me
decisión - decision
decisiones - decisions
dedicarme - to dedicate
dedos - fingers
defensiva - defensive
déjame - leave me
dejando - leaving
dejar - to leave (behind)
dejas - you leave
dejé - I left
dejó - s/he left

131

del - of, from the
demasiado - too much
demostrar - too much
demás - rest
dentro - within
deporte(s) - sport(s)
deportivo - athletic
depresión - depression
deprimido - depressed
desafíos - challenges
desagrado - displeasure
desarrollar - to develop
desastre - disaster
desayuno - breakfast
descaradamente - shamelessly
descendiente - descendent
descubrió - s/he discovered
desde - from
desenchufa - s/he unplugs
desenchufar - to unplug
despacio - slowly
(con) desprecio - with contempt
después - after
(se) destaca - it stands out
destruir - to destroy
(se) desvanece - it fades
detiene - s/he detains
detrás - behind

devolver - to return
di - I gave
día(s) - day(s)
dice - s/he, it says
dicen - they say
dices - you say
dicho - said
(entre) dientes - under my breath
dieron - they gave
diez - ten
diferente(s) - different
dificultades - difficulties
difícil(es) - difficult
diga - I, s/he says
digas - you say
digo - I say
dijeron - they said
dijiste - you said
dijo - s/he, it said
dilema - dilemma
dime - tell me
dimensión - dimension
Dios - god
directamente - directly
director - principal
disculpa - excuse me
discurso(s) - speech(es)
discutimos - we discuss(ed)
discutir - to discuss
disfruta - s/he enjoys
disponible - available
distraído - distracted
diversa/o(s) - diverse
diversidad - diversity

132

división - division
dolor - pain
dominio - dominion
doméstica - domestic
donde - where
dónde - where
dormido - slept
dormir - to sleep
dos - two
doy - I give
duda - doubt
durante - during

E

e - and
echa (una mirada) -
   s/he throws/gives a
   look at/to
echar un vistazo - to
   have a look at
económicas -
   economical
edad - age
educación -
   education
educando - educating
educarnos - to
   educate us
educativo -
   educational
efecto - effect
efectuar - to effect
ejemplo - example
el - the
él - he
elecciones - elections

elección - election
electrónico -
   electronic
elefante - elephant
eligen - they elect
ella - she
ellas - they
ellos - they
(sin) embargo -
   however
emocionados -
   excited
empezar - to begin
empiece - I, s/he, it
   begins
empieza - s/he, it
   begins
empiezan - they begin
en - in, on
encanta - it is very
   pleasing to
encontrar - to find
encuentra - s/he, it
   finds
encuentro - I find
enfadado - angry
enfatizamos - we
   emphasize
enfermedad - illness
(se) enfrenta - s/he
   confronts
enfrentamos -
   we confront
enfrentarse - to
   confront
enfrente - in front
enlace - link

(Primera) Enmienda – First Amendment

(se) enoja - it angers

enojo - anger

enojada/o - angry

enojarse - to get angry

enojándose - getting angry

enormes - huge

ensayo - essay

entendemos - we understand

entender - to understand

entenderás - you will understand

entendía - I, s/he understood

entendió - s/he understood

entendido - understood

entiende - s/he understands

entiendo - I understand

entonces - then

entra - s/he enters

entrando - entering

entrar - to enter

entre - between, among

entregado - submitted

entregar/lo - to submit/it

entregármelo - to submit it to me

entregárselo - to

entregaste - you submitted submit it to him/her

entregó - s/he submitted

entrenador - coach

entrenamiento - training

entrenar – to train

épocas - time periods

equipo - team

era - it was

éramos – we were

eran - they were

eres - you are

es - s/he, it is

esa/e/o - that

esas/os - those

escaparon – they escaped

escena - scene

escenario - stage

esclavo(s) - slave(s)

escoger - to choose

escolar - school (adj.)

escribamos - we write

escribe - s/he writes

escriben - they write

escribí - I wrote

escribiendo - writing

escribieron - they wrote

escribió - s/he wrote

escribir/lo - to write/it

escribiste - you wrote
escrito - written
escritor - writer
escucha - s/he listens
escuchan - they listen
escuchando - listening
escuchar/los - to listen
   /to them
escucho - I listen
escuela(s) - school(s)
especialmente -
   especially
específico - specific
(se) espera - s/he waits
esperamos - we wait
esperan - they wait
esperar - to wait
esperen - wait
espero - I hope
esposa - wife
esta/e/o - this
está - s/he, it is
estaba - I, s/he was
estábamos - we were
establecer - to establish
estadio - stadium
estado(s) - state(s)
Estados Unidos -
   United States
estamos - we are
están - they are
estar - to be
estaré - I will be
estas/os - these
estás - you are
esté - I am, s/he is
estés - you are

estoy - I am
estudian - they study
estudiante(s) -
   student(s)
estudiantil - student
   (adj.)
estudiar - to study
estudios - studies
estudioso - studious
estupefacto - stupefied
estupidez - stupidity
estuvimos - we were
estuvo - s/he, it was
Europa - Europe
europea/os -
   european
eventos - events
evidente - evident
exactamente - exactly
exacto - exactly
exagerado -
   exaggerated
exageres - you
   exaggerate
examen - exam
exámenes - exams
exasperado -
   exasperated
excelente - excellent
excluir - to exclude
exhausto - exhausted
exista - it exists
existe - s/he, it exists
éxitos - successes
expansión - expansion
experiencia(s) -
   experience(s)

experimentado – experienced
experimentamos – we experience(d)
explicarles/me – to explain to them/me
exponen – they expose
expresar/me – to express/myself
expresión – expression
expuesto – exposed
extender – to extend
extendieron – they extended

F

fácil – easy
falta – s/he, it lacks
faltan – they lack
familia(s) – family(ies)
familiares – family members
fantasía – fantasy
fastidiado – annoyed
fastidian – they annoy
fastidiando – annoying
fastidio – annoyance
(por) favor – please
favorito – favorite
felicidades – congratulations
feliz – happy
fenomenal – phenomenal
feo – ugly
fila – row

fin – end
final(es) – final
finalmente – finally
finge – s/he pretends
fingiendo – pretending
forestales – forest (adj.)
formaron – they formed
formar (parte de) – to form (part of)
fortaleza – strength
foto(s) – photo(s)
frase – sentence
fresca – fresh, cool
fría – cold
frigo – refrigerator
frontera – border
frustración – frustration
fue – it was
fuera – outside
fueras – to go, you are
fueron – they were
fuerte(s) – strong
fuertemente – strongly
funciona – it functions
funcione – it functions
furioso – furious
fútbol – soccer

G

ganado – won
ganadores – winners
ganar – to win
ganas – you win

gane - s/he wins
gané - I won
ganó - s/he won
genio - genius
gente - people
geográficas - geographical
gesto(s) - gesture(s)
gimnasio - gym
gira - s/he turns
giran - they turn
girando - turning
girándose - turning
gobierno - government
(cierra de) golpe - he slams
gota - drop
grabación - recording
grabado - recorded
gracias - thank you
grado(s) - grade(s)
(se) gradúa - s/he graduates
graduación - graduation
graduados - graduated
(se) gradúan - they graduate
graduarse/te - to graduate
gran - great
grande(s) - big
grita - s/he yells
gritando - yelling
gritar - to yell
grito - shout
gruñe - he groans

grupo(s) - group(s)
guapísimo - very handsome
guapo - handsome
gusta - it is pleasing
gustan - they are pleasing
gustar - to be pleasing
gustaría - it would be pleasing
gusten - they are pleasing
gusto -pleasure
gustó - it was pleasing

H
ha - s/he, it has
haber/la/se - to have
había - there was
habido - had
habilidades - abilities
habitantes - inhabitants
habla - s/he speaks
hablábamos - we were spoken
hablado - spoken
hablamos - we speak, spoke
hablan - they speak
hablando - speaking
hablándole - speaking to him/her
hablar - to speak

hablas - you speak
hablé - I spoke
hablo - I speak
habría - it would be
hace - s/he, it does, makes
hacen - they do, make
hacer - to do, make
hacerle - to make to him/her
hacerlo - to do, make it
haces - you do, make
hacia - toward
hacíamos - we did
haciendo - doing
hagas - you do
hambre - hunger
hamburguesas - hamburgers
han - they have
haré - I will do, make
has - you have
hasta - until
hay - there is, are
haya - there are
haz - do
he - I have
hecho - done
hemos - we have
herencia - heritage
herida - wound
hermano - brother
hicieron - they did
hiciste - you did
hijo(s) - son(s)
himno - hymn

hispanas - Hispanic
historia - history
hola - hi
hombre - man
hombres - men
homofóbicos - homophobic
honestamente - honestly
honestidad - honesty
honesto - honest
hora(s) - hour(s)
horrorosos - horrific
hoy - today
hubo - there was
hueles - you smell
humanas - human
humanos - human

I
iba - s/he, it was going
iban - they were going
identidad - identity
identificación - identification
idiota(s) - idiot(s)
ignorando - ignoring
ignorar - to ignore
ignóralos - ignore them
ignórenlos - ignore them
igual(es) - equal
imagen - image
imágenes - images
imagino - I imagine

imbécil(es) - moron(s)
imitando - imitating
impacto - impact
implicaciones -
    implications
importa - it matters
importan - they matter
importante(s) -
    important
imposible - imposible
incendios - fires
incidente - incident
incluida(os) - included
incluir - to include
incluí - I included
incluyeron - they
    included
incrédulo - disbelieving
increíble(s) - incredible
incómodo(s) -
    uncomfortable
indica - s/he, it
    indicates
indicando -
    indicating
indicándose -
    indicating
indicó - s/he indicated

individuos - individual
indígenas - indigenous
infierno - fire
información -
    information
Inglaterra - England
inglés - English
injusticia - injustice

inmediatamente -
    immediately
insegura - insecure
instante - instant
instrucciones -
    instructions
inteligente - intelligent
intención - intention
intencional -
    intentional
intenta - s/he tries
intentamos - we try
interés - interest
intereses - interests
intermedia -
    intermediate
ir/nos/se - to go
iraní - Iranian
ironía - irony

J
joven - young
jóvenes - young
judíos - Jewish
juega - s/he plays
juego - game
juego - I play
jugador(es) - player(s)
jugar - to play
juntos - together
justo - just

L
la(s) - the
lacrós - lacrosse
lado(s) - side

lamentas - you lament
largo - long
lástima - shame
lavar - to wash
le - to, for him/her
lecciones - lessons
lee - s/he reads
leemos - we read
leer/lo - to read/it
leí - I read
leído - read
leímos - we read
lejos - far
lenguaje - language
les - to, for them
letreros - signs
ley - law
leyendo - reading
leyeron - they read
leyó - s/he read
libro(s) - book(s)
licencia - license
liga - league
limpia - s/he cleans
limpiando - cleaning
limpiar - to clean
limpieza - cleaning
lío - trouble, mess
lista/o(s) - ready
literatura - literature
llama - s/he, it calls
llamaba - s/he called
llamada - call
llamada/o - called
llamando - calling
llamar/lo/me - to
    call him/me

llame - I call
llamen - they call
llames - you call
llamo - I call
llave(s) - key(s)
llega - s/he, it arrives
llegamos - we arrive
llegan - they arrive
llegar - to arrive
lleno - full
lleva - take, he takes
llevar - to take
llevarme/te - to take
    me/you
llevarte - to take you
lleven - they take
llevo - I take
lo - it, him
logrado - achieved
logramos - we
    achieve(d)
lograr - to achieve
logros - achievements
los - the, them
luces - lights
lucha - he fights
luego - later
lugar - place
lunes - Monday

M

madre - mother
madrugador - early
    riser
maestra/o(s) - teacher,
    master

magnífico - magnificent
mal - badly
mala/o(s) - bad
maldita - dang
maletín - bag
maltrata - he mistreats
maltrato - mistreatment
mamá - mom
mandar - to send
mandaron - they sent
mandaste - you sent
mando - remote, key fob
mandó - s/he sent
maneja - s/he drives
manera - way
manguera - hose
manifestación - demonstration
manifestarse - to demonstrate
mano - shortened form of "hermano", hand
mantiene - s/he, it maintains
manualmente - manually
marca - brand
marcando - dialing
más - more
matadas - killed
matemáticas - math
materiales - materials
mayo - May

mayor(es) - older
mayoría - majority
mañana(s) - morning(s)
mañana - tomorrow
me - me, to/for me
mediana - medium
medio - middle
mejor(es) - better
melodramático - melodramatic
mencionado - mentioned
mencionas - you mention
mencionó - s/he mentioned
menor - younger
menos - less
mensaje - message
merece - s/he, it deserves
mes(es) - month(s)
mesa - table
meta(s) - goal(s)
mezclaron - they mixed
mi(s) - my
mí - me
micrófono - microphone
microondas - microwave
miedo - fear
miembro(s) - member(s)
mientras - while
mil - thousand

milagro - miracle
minoría - minority
minuto(s) – minute(s)
mío(s) - mine
mira - s/he watches
mirada - look
miran – they watch
mirando - watching
mirar/lo - to watch/it
miren – they watch
misma/o(s) - same
mochila - backpack
(de todos) modos –
    anyway
mojada/o - wet
molesta - s/he, it
    bothers
molestaba - s/he, it
    bothered
molestan - they bother
molestes - you bother
molestoso -
    bothersome
momento(s) -
    moment(s)
mona - cute
mostrados - shown
mostrar – to show
motivación –
    motivation
motivos - motives
móvil - cell phone
movimiento -
    movement
mucha/o(s) - a lot
muchacho(s) - boys
muchísima/o(s) - a lot

muero - I die
muerte - death
muerto - dead
muestra - s/he, it
    shows
muestran - they show
muestro - I show
mueve - s/he moves
mueven - they move
mujer - woman
mundial – world (adj.)
mundo - world
muriendo - dying
murieron - they died
murmurando -
    murmuring
muy - very

N
nacional - national
nada - nothing
nadadora - swimmer
nadie – no one
nariz - nose
nativa - native
necesario - necessary
necesita - s/he, it
    needs
necesitamos - we
    need(ed)
necesitan - they need
necesitar - to need
necesitas - you need
necesite - I, s/he, it
    need/s
necesito - I need
negra/o(s) - black

nene - baby
nervioso - nervous
ni - neither, nor
nieve - snow
ninguna - none
ningún - none
Nipmuck - indigenous
    people of the
    northeastern USA
niño - boy
noche(s) - night(s)
nombre(s) - name(s)
nomás - only
noreste - northeast
normalmente -
    normally
nos - us, to/for us
nosotros - we
nota(s) - grade(s)
noticias - news
novatos - 9th graders
novela - book
noviembre - November
novio - boyfriend
nuestra/o(s) - our
nueva/o(s) - new
nueve - nine
número(s) – number(s)
nunca - never

O

o - or
obviamente -
    obviously
obvio - obvious
octubre - October

ocupada - busy
ocurrieron – they
    occurred
ocurrió - it occurred
oeste - west
ofenda - s/he, it
    offends
ofender - to offend
ofensivo - offensive
ofrece - s/he, it offers
oí - I heard
oído - ear, heard
oiga - I hear, s/he
    hears
oigan – they hear
oír - to hear
oíste - you heard
ojos - eyes
olviden - they forget
(buena) onda - good
    time
opción - option
opiniones - opinions
oportunidad(es) -
    opportunity(ties)
organizado – organized
orgullo - pride
orgullosa/o - proud
oriente - east
origen - origin
otra/o(s) - other
ovación - ovation
oye - s/he hears
oyeron - they heard
oyó - s/he heard

P

pacíficamente - peacefully

padre(s) - father, parents

pagar - to pay

página(s) - page(s)

país - country

palabras - words

palabrota - curse word

pálido - pale

pantalla - screen

pantalones - pants

papas - potatoes

papá - dad

par - pair

para - for

paraíso - paradise

paran - they stop

(se) paran - they stand up

pararon - they stopped

pararse - to stand up

parcial - partial

parece - s/he, it seems

parecen - they seem

pareces - you seem

pared - wall

parqueo - parking lot

parrilla - grill

parte - part

participa - s/he participates

participar - to participate

participo - I participate

partido - game

pasa - s/he passes

pasado - past

pásame - pass me

pasan - they pass

pasando - passing

pasar - to pass

pasaron - they passed

pase - it happens

pases - you pass

paso - I pass

pasé - I passed

pasó - s/he, it passed

pausa - pause

payaso - clown

paz - peace

pedirle - to ask him/her

pega - s/he hits

pegándole - hitting him

pegar - to hit

pelear - to fight

pelo - hair

pendiente - aware

pensaba - I, s/he thought

pensábamos - we thought

pensamientos - thoughts

pensar - to think

pensativo - thoughtful

pequeña/o(s) - small

perdedores - losers

perdí - I lost

peregrinos - pilgrims

periodista - journalist

permítame - allow me

permites - you allow
permitido - allowed
permitió - s/he allowed
permitir/te - to allow/you
pero - but
persona - person(s)
personaje(s) - character(s)
personal(es) - personal
perspectiva(s) - perspective
perteneces - you belong
piel - skin
piensa - s/he thinks
piensan - they think
piensas - you think
pienso - I think
piernas - legs
planes - plans
plantear - to set out, to lay out
plato(s) - plate(s)
plástico - plastic
pobre - poor
poca/o(s) - few
podemos - we are able
poder - to be able
podía - I, s/he was able
podio - podium
podré - I will be able
poeta - poet
polaca - Polish
policía - police
policial - police (adj.)
política(s) - political

político - politician
pone - s/he puts
ponerlo - to put it
por - for
porque - because
por qué - why
portafolio - briefcase
portátil(es) - portable
posible - possible
práctica - practice
pregunta - s/he asks, question
preguntando - asking
preguntar/te - to ask/you
preguntaron - they asked
preguntas - you ask
preguntaste - you asked
pregunto - I ask
premio - prize
prende - he turns on
preocupada/o - worried
preocupemos - we worry
preocupes - you worry
preparado - prepared
preparan - they prepare
preparándose - preparing himself
preparar - to prepare
preparo - I prepare
preparó - s/he prepared

presentado - presented
presentan - they present
presidenta/e - president
presiona - s/he, it pressures
presta/e/n (atención) - pay attention
prestando (atención) - paying attention
primavera - spring
primer/a/o(s) - first
principal(es) - principal
privados - private
privilegios - privileges
probabilidades - probabilities
probablemente - probably
probar - to try
problema(s) - problema(s)
problemáticas - problematic
profesional - professional
profesor(es) - teacher(s)
profunda - profound, deep
profundidad - deepness
programa - program
pronuncian - they pronounce
propia/o - own
propósito - purpose

protesta - s/he protests
protestan - they protest
protestando - protesting
protestar - to protest
protestas - you protest
proyección - projection
proyectar - to project
proyector - projector
próxima/o - next
público - public
pude - I could, manage
pueblo(s) - town(s)
pueda - s/he, it is able
puede - s/he, it is able
pueden - they are able
puedes - you are able
puedo - I am able
puerta - door
pues - well, then
puesto - position
puñado - handful
puñetazo - punch
punto(s) - point(s)
pura/o(s) - pure
puso - s/he, it put

Q

que - that
qué - what
queda - s/he stays
quedaré - I will stay
quedarme/te - to stay
(nos) quejamos - we complain

quejándose – complaining
querer – to want
quería – I, s/he wanted
querían – they wanted
quien – who
quién(es) – who
quieras – you want
quiere – s/he, it wants
quieren – they want
quieres – you want
quiero – I want
quince – fifteen
quizás – maybe

R

racismo – racism
racista(s) – racists
rápido – fast
raza(s) – races
razón – reason
raíces – roots
reacciona – s/he reacts
realidad – reality
realmente – really
recepción – reception
receta – récipe
rechazaron – they rejected
rechazo – rejection
reciba – I, s/he receive
recibir – to receive
recibiste – you received
recibo – I receive
recibí – I received

recoger/me – to pick (me) up
reconocer – to recognize
reconozco – I recognize
recordar – to remember
recuerde – I, s/he remembers
refiero – I refer
regiones – regions
registración – registration
regla(s) – rule(s)
regresan – they return
regresar – to return
relaciones – relationships
repetir/lo – to repeat/it
reportar – to repeat
representación – representation
rescindir – to rescind
resolver – to resolve
respeto – respect
respira – s/he breathes
respirar – to breathe
respire – I, s/he breathe/s
responde – s/he responds
responder – to respond
responderlas – to respond to them
respuesta – answer

resto - rest
resultados - results
reunión - meeting
rey - king
reír - to laugh
ríen - they laugh
riendo - laughing
riéndose - laughing
riesgo - risk
roble - oak
rol - role
rostros - faces
ruido - noise

S

sabe - s/he knows
sabemos - we know
saben - they know
saber - to know
sabes - you know
sabía - I, s/he knew
sabiendo - knowing
saca - s/he, it takes out
sacan - they take out
sacando - taking out
sacar/lo - to take (it) out
sacaste - you took out
saco - I take out
sacó - s/he took out
sale - s/he leaves
salen - they leave
salida - exit
salió - s/he left
salir - to leave

saludaba - I, s/he greeted
saludar/la/lo - to greet her/him
saludó - s/he greeted
salva - s/he saves
sangrado - bled
sangre - blood
sarcásticamente - sarcastically
se - to him/herself
sé - I know
sea - I, s/he am/is
seas - you are
secando - drying
secundaria - secondary
segregación - segregation
seguir - to follow
seguir (el paso) - to keep up
segunda/o - second
seguro - sure
seleccionado - selected
semana(s) - week(s)
semestre - semester
sentados - seated
sentándose - sitting
sentido - felt
sentimientos - feelings
señal - signal
señalando - signaling
señor - sir, mister
sepas - you know
septiembre - September

ser - to be
serán - they will be
seria/o - serious
sería - I, s/he would be
servilleta - napkin
servirá - s/he will serve
servirse - to serve
    him/herself
si - if
sí - yes
sido - been
siempre - always
siendo - being
(se) sienta - he sits
sienta - it feels
siéntate - sit down
sientes - you feel
siento - I feel
siga - I, s/he follow/s
sigas - you follow
siglos - centuries
significado - meaning
sigue - s/he, it follows
siguen - they feel
siguiente(s) - following
silla(s) - seat(s)
similar(es) - similar
simplemente - simply
sin - without
sino - but
sirve - s/he, it serves
sirven - they serve
situación - situation
sobre - on, about
sobrevivido - survived
sobrevivo - I survive
social(es) - social

socorro - help
solicitud(es) -
    application(s)
solidaridad - loneliness
solo - only
solos - alone
somos - we are
son - they are
sonó - it rang
sonriendo - smiling
sonrisa - smile
soñando - dreaming
soñar - to dream
sorprendido - surprised
soy - I am
Sr. - abbreviation for
    "señor"
su(s) - his, her, their
suave - soft
suavemente - softly
suelo - I'm in the habit
    of
suelta - he lets go
suena - it rings
suerte - luck
sufrimos - we suffer
sufrir - to suffer
sufro - I suffer
sumamente -
    extremely
superinteligente -
    super smart
(clases) superiores -
    upperclass (juniors &
    seniors)
supe - I knew
supo - he found out

supongo - I suppose
suspira - s/he sighs
susurra - he whispers
susurrando -
    whispering

T

(qué) tal - how is
talento - talent
talentoso(s) - talented
tamaño - size
también - also
tampoco - either
tan - so
tanta/o(s) - so much,
    many
tapándose - covering
tapaste - you covered
tarde - late
tarde(s) - afternoon(s)
tarea - homework
tatarabuelo - great
    great grandfather
te - you, to/for you
técnicas - technical
tecnología - technology
telefónica - phone
telerrealidad - reality
    show
teléfono(s) - phone(s)
telón - stage curtain
tema(s) - theme(s)
temperatura -
    temperature
temporada - season
tendremos - we will
    have

tenemos - we have
tener - to have
tener (en cuenta) - to
    take into account
tengan - you have
tengas - you have
tengo - I have
tenía - I, s/he had
tenido - had
teoría - theory
tercera/o - third
termina - s/he, it ends
terminamos - we
    finishe(d)
terminando - ending
terminar - to end
terminaron - they
    ended
termine - I, s/he end/s
terminemos - we end
(mensaje de) texto -
text message
ti - you
tiempo - time
tiene - s/he, it has
tienen - they have
tienes - you have
tierra - land
tipo(s) - type(s)
tirando - throwing
toalla - towel
(me/te/le/nos/les)
toca - it's (my/your
   /his/her/our/their)
   turn
tocando - touching
tocar - to touch

tocándose - touching
toda/o(s) - all
todavía - still, hyet
tolero - I tolerate
toma - s/he, it takes
tomando - taking
tomándola - taking it
tomándose - taking
tomar/me - to take/me
tono - tone
tonto - foolish
trabajando - working
trabajar - to work
trabajen - they work
trabajo - work, job
trae - s/he brings
traer - to bring
trajimos - we brought
trama - plot
(hacer) trampas - to cheat
trasladó - s/he, it moved
trata - s/he, it tries
tratamiento - treatment
tratando - trying
tratar - to try
trató - s/he, it tried
tremendo - tremendous
tres - three
tribu - tribe
triunfos - triumphs
troncos - trunks
tu(s) - your

tú - you
turno - turn
tuve - I had
tuvo - s/he, it had
tuyas - your

U
u - or
últimamente - lately
última/o(s) - last
un/a - a, an
unas/os - some
universales - universal
universidad(es) - university(ies)
única/o(s) - only
uno - one
usa - s/he, it uses
usamos - we use(d)
usar/lo - to use/it
usted - you formal
ustedes - you plural

V
va - s/he, it goes
valores - values
vamos - we go
van - they go
varias - various
vas - you go
vayas - you go
ve - s/he, it sees
veces - times, instances
vemos - we see
ven - they see

vencimos - we overcome/overcame
venga - I, s/he come/s
venir - to come
veo - I see
ver/te - to see/you
veracidad - truth
verano - summer
(de) veras - really
verdad - truth
verdadera - true
vería - I, s/he would see
ves - you see
vestuario - locker room
vez - time, instance
vi - I saw
vibra - it vibrates
vicepresidente - vice president
víctimas - victims
victoria - victory
vida(s) - life/lives
viene - s/he, it comes
vigilando - watching
violencia - violence
visitante - visitor
(punto de) vista - point of view
viste - you saw
visto - seen
vive - s/he lives
vivimos - we live
vivir - to live
voces - voices

volver - to return
votaciones - voting
votación - voting
votan - they vote
votar - to vote
votaron - they voted
votas - you vote
voto(s) - vote(s)
votó - s/he voted
voy - I go
voz - voice
vuelta - round
vuelvo - I return

Y

y - and
ya - already
yo - I
yogur - yogurt

Z

zíper - zipper

ABOUT THE AUTHOR

Jennifer Degenhardt taught high school Spanish for over 20 years and now teaches at the college level. At the time she realized her own high school students, many of whom had learning challenges, acquired language best through stories, so she began to write ones that she thought would appeal to them. She has been writing ever since.

Other titles by Jen Degenhardt:

La chica nueva | *La Nouvelle Fille* | The New Girl |
Das Neue Mädchen | *La nuova ragazza*
La chica nueva (the ancillary/workbook
volume, Kindle book, audiobook)
Salida 8 | *Sortie no. 8*
Chuchotenango | *La terre des chiens errants*
Pesas | *Poids et haltères*
El jersey | The Jersey | *Le Maillot*
La mochila | The Backpack | *Le sac à dos*
Moviendo montañas | *Déplacer les montagnes*
La vida es complicada | *La vie est compliquée*
La vida es complicada Practice & Questions
(workbook)
Quince | Fifteen

Quince Practice & Questions (workbook)
El viaje difícil | *Un Voyage Difficile* | <u>A Difficult Journey</u>
La niñera
Era una chica nueva
Levantando pesas: un cuento en el pasado
Se movieron las montañas
Fue un viaje difícil
¿Qué pasó con el jersey?
Cuando se perdió la mochila
Con (un poco de) ayuda de mis amigos | <u>With (a little)</u>
<u>Help from My Friends</u>
La última prueba
Los tres amigos | <u>Three Friends</u> | *Drei Freunde* | *Les*
Trois Amis
La evolución musical
María: un cuento de un huracán | María <u>María: A</u>
<u>Story of a Storm</u> | Maria Maria : un histoire d'un orage
Debido a la tormenta
La lucha de la vida | <u>The Fight of His Life</u>
Secretos
Como vuela la pelota
El pueblo

@JenniferDegenh1

<u>@jendegenhardt9</u>

@puenteslanguage &
World LanguageTeaching Stories (group)

Visit <u>www.puenteslanguage.com</u> to sign up to receive
information on new releases and other events.

Check out all titles as ebooks with audio on
<u>www.digilangua.co</u>.

ABOUT THE COVER ARTIST

David Williams

David Williams, who resides in Southern California, is a college freshman (at publication) working towards a bachelor's degree in Computer Science and minor in Mathematics. He aspires to one day work as a quantitative researcher at a hedge fund in New York City. In his spare time, he likes to read about the stock market and hang out with friends or family whenever possible.

Description

It's the first day of Eddie's high school career, and he's ready. At least he thinks he is. The older and more serious of the two boys in the family, Eddie has plans to make his time at high school memorable, and the most beneficial for him, you know, for getting into college. He is thinking about sports and clubs, and even joining the student government. As one of the few people of color at the school - heck, in the whole town - Eddie is more aware than most 14-year-olds. So, in addition to figuring out his identity as a human, he also wants to be a good role model for his younger, less aware, and sillier brother, James.

But even with his heightened adolescent awareness, there is no way Eddie can prepare himself for what the next four years have in store for him, and how it affects all the relationships he has: those with his family, his friends and classmates, and even the town.